Jutta Schlott

Umsschlaggestaltung: Astrid Krömer

Von diesem Buch erscheint zeitgleich eine Schulausgabe. ALIBABA SCHULAUSGABEN sind für den Unterricht bestimmt. Einzelbestellungen werden nur bei Vorlage einer Schulbescheinigung ausgeführt.
Ein Verzeichnis der Schulausgaben erhalten Sie in allen Buchhandlungen oder - falls dort nicht vorrätig - direkt beim Verlag: Alibaba Verlag,
Nordendstraße 20, 60318 Frankfurt am Main

Satz: Satzstudio Zeil, Frankfurt am Main
Druck: Druckerei Dan, Ljubljana, Slowenien
Printed in the Republic of Slovenia

ISBN 3-860 42-189-1
ISBN 3-860 42-193-X Schulausgabe

Jutta Schlott

Roman und Juliane

zwei Erzählungen

Alibaba Verlag
Frankfurt am Main

Roman und Juliane . . . . Seite 5
Golondrina . . . . Seite 61

Roman und Juliane

Ich bin ja ruhig. Nur von ihm -
Ich bitte euch – was schwatzt ihr mir.
Zärtlich bist du, treu. Wir werden Freunde sein.
Uns küssen. Altern und spazierengehn.
Und Mond und Monat werden uns
Wie Schneekristalle überwehn.

ANNA ACHMATOWA

Der Zug kam pünktlich. Als er hielt, stolperten nur wenige Reisende auf den mitternächtlichen Bahnsteig. Die träge Stimme aus dem Lautsprecher, die die nächsten Verbindungen mitteilte, hallte weit.

Das Mädchen griff ihre Tasche und stieg in einen der hinteren Wagen ein. Sie setzte sich in einem leeren Abteil ans Fenster. Draußen ertönte der Pfiff, und der Zug fuhr langsam an, gewann an Schnelligkeit. Die Lichter der Vorstadtstraßen huschten vorbei.

Das Mädchen nahm zwei Bücher aus ihrer Tasche, eine angebrochene Tafel Schokolade und legte den Mantel um sich, der hinter ihr hing.

Sie hatte sich lange auf die Fahrt gefreut. Sie würde lesen, schlafen, aus dem Fenster dösen. Den Sonnenaufgang sehen. Wenn sie am frühen Morgen ankam, würde Mari mit ihrem Vater sie auf dem Bahnsteig erwarten, sie ins Auto laden und gemächlich auf der schnurgeraden Straße ins Dorf rollen. Vor einem Jahr hatte sie Mari zum erstenmal in der neuen Wohnung besucht. Es war mehr als eine Wohnung. Ein ganzes Haus, ein weitläufiger Garten.

Mari war verändert. Maulend hatte sie sich der Notwendigkeit gefügt, mit den Eltern aufs Land zu ziehen. Nach einem Jahr stapfte sie in Stiefeln und Joppe einher, kommandierte ihren Hund und schwärmte von ihrer Lehre auf dem Pflanzenzuchtgut.

Juliane kramte in ihrer Handtasche. Sie suchte nach den Fotos, die sie und Mari bei ihrem Besuch im Dorf zeigten. Ein Stückchen Straße mit dem Haus. Mari mit dem Schäferhund. Die beiden Mädchen lächelnd nebeneinander, gegenseitig die Arme und die Schultern verschränkt.

Juliane lehnte sich zurück. Sie schattete mit der Hand das Neonlicht ab und versuchte, durch die Scheibe nach draußen zu sehen. Vollkommenes Dunkel. Ein weicher, lichter Fleck am verhangenen Himmel ließ den Mond ahnen.

Die Heizung strömte trockene Hitze aus. Das Mädchen

merkte, daß ihr die Augen zufielen. Sie überließ sich wohlig der Wärme und der Müdigkeit. Im Hinüberdämmern streifte Maris Stimme durch die Erinnerung.

Der Zug hielt mit einem Ruck. Das Mädchen fuhr erschrocken auf. Einen Moment lang hatte sie Mühe, sich zurechtzufinden. Türen klappten. Sie waren auf dem nächsten, größeren Bahnhof angekommen.

Juliane gegenüber saßen zwei Soldaten. Sie hatte sie nicht einsteigen hören. Der Offizier hatte sich in seinen Mantel gewickelt. Der Soldat deckte das Gesicht zum Schutz gegen das Licht mit seiner Mütze ab. Das wohlbekannte Graubraun der Uniformen. Die Sternenknöpfe.

Das Mädchen stand auf und reckte sich. Sie versuchte, die Bahnhofsuhr zu erspähen. Kein Mensch war zu sehen. Plötzliche Stille nach dem Lärm der Fahrt. Leises, metallisches Knacken unter dem Boden des Abteils. Das sanfte Pfeifen des Windes.

Das Mädchen gähnte. Im Hinsetzen streifte ihr Blick den schlafenden Soldaten. Unbequeme Haltung. Zwischen Mütze und Kragen lagen ein Stückchen Wange, Hals und Haaransatz bloß. Sie starrte entsetzt darauf.

Ja! Nein. Auf keinen Fall! Doch. Unmöglich.

Der Zug fuhr an. Das Mädchen nahm es kaum wahr. Ihr Blick durchforschte das schmale Stück Menschenhaut. Er konnte es nicht sein! Es war undenkbar. Eine Ähnlichkeit narrte sie, trieb bösen Scherz mit ihr.

Und doch war sie sicher: Diese Tönung der Haut, die

Färbung des Haars, die Linien des Haaransatzes gab es nur einmal.

Sie schlug den Mantel um sich, als könne sie so abwehren, was sie bedrängte.

Sie ist vierzehn. Sie sitzt auf einer Bank. Klemme rennt durch den Park. Ab und zu leuchtet sein Anorak zwischen den grauen Stämmen der Bäume auf. Klemme schreit und kreischt. Er spielt Indianer. Er ist vier Jahre alt.

Sie sieht ihn wie damals auf sich zurennen, erhitzt und aufgeregt. Sie wollte ihn anherrschen, was ihm einfiele, sie schon wieder zu stören, aber er strahlte sie an und stotterte: »Die Jungen haben einen... Schiff... einen Fisch gefangen!«

Das Kind zog sie mit sich. Von der Bank, aus dem stillen Winkel, in die belebteren Teile des Parks. Zu der Brücke, die einen der Hauptwege über das kunstvoll angelegte Kanalsystem führte.

Da standen sie. Da stand er. Zwei Jungen. Der eine ungefähr so alt wie sie selber, der andere mochte in Klemmes Alter sein. Der jüngere hielt einen Plastebeutel in der Hand, in den der große Bruder einen Fisch gleiten ließ, den er gerade von der Angel befreit hatte.

Der ältere Junge wandte den Kopf. Ein schneller Blick zu Juliane, mitten in die Augen. Ihr Herz begann fühlbar zu schlagen. Es machte sie verlegen.

Niemand hatte ein Wort gesagt, trotzdem wußte Juliane, als der Große sie ansah, daß es Russen waren. Sie war sich dessen sicher, obwohl sie es nicht hätte erklären können.

An der Kleidung lag es nicht; sie trugen Jeans und Anorak wie alle. Vielleicht war es der Haarschnitt und ihre ungewöhnlich dunklen Augen.

Sie fühlte Unbehagen, neugierig gaffend neben den beiden zu stehen. Sie versuchte unauffällig, den Bruder zum Weitergehen zu bewegen. Es gelang ihr nicht. Klemme starrte auf die Angel, auf die Jungen – es interessierte ihn mehr als jedes Spiel.

»Du kommst jetzt, Klemme!« sagte sie in einem Ton, von dem er wußte, daß er keinen Widerspruch gestattete.

Widerstrebend trottete er hinter ihr her. Er maulte, er werde es der Mutter sagen, daß sie eine Spielverderberin sei. Juliane erklärte unwirsch, das Angeln sei im Park verboten und deshalb dürfe man nicht zusehen. Sie war froh, daß ihr ein erklärbarer Grund eingefallen war.

»Es steht gar nicht verboten dran«, murrte der Kleine, und damit hatte er recht, obwohl er noch nicht lesen konnte.

Nirgendwo ein Schild, eine Tafel, ein Hinweis. Es sei aber doch verboten, beharrte Juliane nun schon weniger heftig.

Ihre Gedanken schweiften ab. Der Junge hatte sie angesehen – wie Erwachsene untereinander. Mit einem Blick, wie ihn die Eltern wechselten, wenn Klemme oder Melanie, die jüngere Schwester, etwas Ulkiges gesagt hatten. In diesen Blickwechsel wurde Juliane nie einbezogen, und das kränkte sie.

Der Junge hatte ein Lächeln um die Augen, das sie nicht zu deuten wußte. Lachte er sie aus? Vielleicht weil sie nicht besser mit Klemme fertig wurde? Oder machte er sich über sie lustig, wie manchmal die Jungen in ihrer Klasse über die Mädchen. Eine verlegene Heiterkeit auf beiden Seiten.

Was ging es sie an. Mochte er lachen oder nicht. Sie hatten nichts miteinander zu tun.

Als Juliane mit dem Bruder nach Hause kam, saß Melli mit einem Schulbuch auf den Knien auf der Hausflurtreppe und las. In weinerlichem Tonfall erklärte sie, daß sie ihren Wohnungsschlüssel in der Turnhalle vergessen habe.

Juliane sagte großmütig, sie solle das Jammern lassen, davon käme der Schlüssel auch nicht her. Die Schwester sah sie überrascht an, meist gab es Streit bei solchen Gelegenheiten.

Juliane schloß auf und schickte die Geschwister in ihr Kinderzimmer. Sie wühlte in ihrer Schultasche. Zwischen den Seiten ihres Physikbuches fand sie einen Pfefferminzkaugummi. Sie wickelte ihn aus dem Silberpapier, teilte ihn.

»Ihr bleibt jetzt in eurem Zimmer«, bestimmte sie. »Ich muß noch Hausaufgaben machen.«

In ihrem Zimmer zog sie einen Stuhl ans Fenster und

sah hinaus. Gegenüber lag ein Neubaublock, der dem ihren glich wie ein Zwilling dem anderen. Er war später, nach ihrem Einzug, gebaut worden.

Juliane hatte, als die Bagger davongetuckert waren, gesehen, wie mit dem Kran Wände gesetzt wurden. Noch war es unvorstellbar, daß sie einmal Wohnungen beherbergen würden, daß Menschen dort ihr Zuhause hätten.

Auch nachts, immer wenn sie aus dem Fenster sah, wurde gegenüber gearbeitet. Manchmal träumte sie schlecht. Sie war die trockene Wärme der ferngeheizten Wohnungen noch nicht gewohnt. Wenn sie nach wirren Träumen aufwachte und gegenüber im Scheinwerferlicht den Kran und die weiß behelmten Männer mit kurzen, abgemessenen Bewegungen arbeiten sah, beruhigte sie sich wieder.

Es konnte ihr nichts Schlimmes passieren, solange dort drüben friedlich, von sachlichen Zurufen begleitet, gearbeitet wurde.

Der Bau machte es ihr leichter, sich in der neuen Stadt einzugewöhnen.

In der kleineren, aus der sie hierhergezogen waren, gab es ein Plattenwerk. Der einzige Betrieb im Ort, in dem auch Tag und Nacht gearbeitet wurde. Vielleicht kamen sogar die Betonwände von dort auf diese Baustelle.

Zuletzt wurden die Kräne abtransportiert, dann die Schienen, auf denen sie sich bewegt hatten, herausgerissen. Die Innenräume bevölkerten sich mit Elektrikern, Fußbodenlegern, Malern.

Jedesmal, wenn Juliane aus der Schule kam, hatte sich etwas verändert. Sie begann neugierig zu werden auf die Leute, die dort einziehen würden. Die Mieter aus ihrem Haus kannte sie kaum. Eilig schlossen sie die Wohnungstüren hinter sich, als fürchteten sie, jemand könne ihnen folgen.

Die von gegenüber aber würde Juliane sehen. An den erleuchteten Fenstern würde sie ablesen können, wer abends noch lange arbeitete oder wer morgens schon zur Frühschicht aufstand. Sie würden auf den Balkons sitzen, wenn die Sonne schien. Bei zurückgezogenen Gardinen sähe sie in den Küchen die Frauen hantieren ...

Schließlich war alles fertig. An einem Nachmittag ging eine Kommission durch die leeren Räume. Die Leute stellten sich in die Mitte der Zimmer, betrachteten die Fenster, schalteten das Licht an und aus. Manchmal sagten sie etwas zu der Frau, die die Männer begleitete, und sie schrieb es auf einen Zettelblock.

Zwei Tage lang rührte sich nichts, schwarz und stumm lag abends der längliche Steinquader. Wenn Wind aufkam, wirbelten zwischen den Blocks Papierfetzen auf, liegengelassene Reste von Zementtüten und Tapetenstreifen.

Sonnabend früh kroch ein grüner Militärwagen vorsichtig über die Betonpiste, die durch den Bauschlamm gelegt war. Andere Autos folgten. Den ganzen Tag pendelten klobige Fahrzeuge über den schmalen Weg. Zwischen den Möbeln saßen auf jedem Wagen zwei, drei Soldaten in Arbeitskluft.

»Da ziehen Russen ein«, hatte Juliane beim Abendbrot gesagt, und der Vater hatte sie zum erstenmal wegen dieses Wortes mit unerwarteter Heftigkeit angefahren. Er lief rot an und erklärte ihr aufgebracht – zum tausendstenmal, wie er sagte –, die Russen seien nur ein Teil des sowjetischen Volkes. Außerdem sei das Nazi-und Faschistensprache.

Das Mädchen zuckte die Achseln. »Sowjetbürger ist auch kein schönes Wort.«

»Nehmt die Worte nicht so wichtig«, mischte sich die Mutter ein.

Nach ein paar Tagen, erst vor wenigen Fenstern hingen Gardinen, und in den meisten Zimmern standen die Möbel noch durcheinander, begann man im Block gegenüber Einzug zu feiern.

Aus den geöffneten Fenstern drangen Musik und Lachen. Hinter einigen sah man tanzende Gestalten vorbeihuschen. Manchmal gingen zwei Männer auf den Balkon, rauchten und unterhielten sich.

Zur Nacht wurde es stiller. Ein Akkordeon sang in langgezogenen, klagenden Tönen, hohe Frauenstimmen fielen ein. Juliane sah den ganzen Abend hinüber. Sie hatte das Licht in ihrem Zimmer nicht angeschaltet. Feiern gab es bei ihnen auch. Geburtstage, Ostern, Weihnachten, wenn die Eltern Besuch hatten. Trotzdem schienen ihr die Feste dort drüben anders.

Das Haus war festlich erleuchtet. Wie ein großes Schiff, dachte das Mädchen, denn die Lichter spiegelten sich in den Wasserlachen zwischen den Blocks. Wenn der Wind die Pfützen bewegte, schien es, als bewegten sich zwei Schiffe auf hoher See und feierten vor Freude über das Treffen ein Fest.

Es war Mitternacht, als jemand vorsichtig die Klinke an Julianes Zimmertür herunterdrückte. Die Mutter kam herein. Sie sagte nichts, daß Juliane nicht schlief, sondern angezogen am Fenster kauerte. Schweigend stand die Mutter eine Weile und hörte dem Singen zu. Dann strich sie der Tochter übers Haar und sagte: »Schön, aber jetzt mußt du schlafen.« Leise, wie sie gekommen war, ging sie.

Die Einzugsfeiern hielten lange an. Fast fünfzig Offiziersfamilien waren eingezogen, und noch nach Wochen fing sich der Lärm der Feiernden zwischen den Blocks.

Herr Gohse aus dem ersten Stock klingelte. Er wollte Julianes Vater sprechen.

»Sie als Hausvertrauensmann«, begann er schon im Flur, »haben hier für Ruhe und Ordnung zu sorgen. Wer soll denn den Krach aushalten?«

Der Vater blieb ruhig. Er bat den Mann ins Wohnzimmer und versuchte ihm geduldig zu erklären, daß die sowjetischen Offiziere und Soldaten für lange Jahre von ihrem eigentlichen Zuhause getrennt seien, daß sie hier eine notwendige Aufgabe erfüllten. Außerdem seien sie aber auch Gäste in diesem Land. Man müsse gegenseitig Nachsicht üben ...

Herr Gohse ging zwar ruhiger, als er gekommen war, aber befriedigt war er nicht. Im Hinausgehen drohte er, wenn der Vater sich nicht durchsetzen könne, dann müsse man eben andere Maßnahmen ergreifen. Worin diese bestehen sollten, sagte er nicht.

Ob die Feste jemand stören konnten, darüber hatte Juliane nicht nachgedacht. Sie fand es schön, wenn gegenüber gesungen wurde. Klein waren die Zimmer, die Wohnungen, der Hof. Die Lieder schienen aus der Weite zu kommen, die keine Kleinlichkeit zuließ.

Nach und nach wurde es stiller. Nur noch selten, an Feiertagen oder warmen Sommerabenden, saßen sie gegenüber auf den Balkons und sangen.

Man hatte sich aneinander gewöhnt. Der Block gegenüber war ein Neubau wie jeder andere geworden.

Zum erstenmal sah Juliane jetzt wieder aufmerksam und mit Neugierde hinüber.

Juliane hörte die Mutter nach Hause kommen und machte sich schnell im Bad zu schaffen. Die Mutter merkte ihr alles an: Kummer, Ärger, Heimlichkeiten.

Sie sollte aber nicht wissen, daß sie an den Jungen denken mußte.

Genau nach einer Woche sah sie ihn wieder. Wieder mit dem kleinen Bruder. Wieder beim Angeln. Auch Klemme erkannte die beiden sofort. Er rannte hin.

Der Junge blickte von der Angelschnur auf und nickte

Juliane zu wie einer alten Bekannten. Sie wurde rot. Sie wußte nicht, wohin mit ihren Händen, wohin mit ihren Blicken.

Sie sah erst jetzt, daß der Junge älter war als sie. Vielleicht fünfzehn oder sechzehn.

Seine Augen waren braun, fast schwarz. Man konnte Pupille und Iris kaum voneinander unterscheiden.

Der Junge lud Klemme mit einer Handbewegung ein, näher zu kommen. Er sagte: »Bitte.«

Alle vier sahen gespannt auf das Angelgerät im Wasser. Das Fangglück schien sie verlassen zu haben. Nur eine Rotfeder zogen sie heraus, die sie zurückwarfen, weil sie zu klein war.

Klemme langweilte sich bald und wollte weiter.

Juliane wagte, dem Jungen in die Augen zu sehen. Er nickte. Oder vielmehr – er machte eine Kopfbewegung zwischen Bedauern und Zustimmung. Er sagte: »Auf Wiedersehen«, und es hörte sich an, als wenn er wirklich ein Wiedersehen wünsche.

Nach einem kleinen Zögern fügte er hinzu: »...Jula...«

Sie strich sich verlegen das Haar zurück. Er wußte ihren Namen! Natürlich von Klemme. Alle Augenblicke rief er: Jule, komm mal, Jule, guck mal! Jule hier und Jule da! Jula klang ihr fremder, aber schöner als Jule.

Sie hätte ihn gern nach seinem Namen gefragt, aber der russische Satz war weggewischt aus ihrem Gedächtnis. Sie hätte sich ohrfeigen können! Schon in der Fünften hatten sie das gelernt. Nur »До свидания!« brachte sie heraus, lächelte und lief hinter Klemme her.

Als die beiden Jungen nicht mehr zu sehen waren, drehte sie sich mit ausgebreiteten Armen den Parkweg entlang, bis die Bäume um sie zu kreisen begannen.

Klemme kam geflitzt und wollte mitmachen. Sie tobten voller Übermut durch den Park, daß ihnen die Luft knapp wurde.

Juliane zog den Kleinen zu sich heran und flüsterte atemlos, was die Mutter ihn oft fragte: »Klemme, hast du mich lieb?« Wie immer und erwartet bejahte er die Frage.

Ja-ja-ja-ja, wiederholte sie schnell und preßte den Bruder an sich.

Am Abend ging sie zu Mari. Zur liebsten Freundin. Der man alles erzählen konnte. Die kein Geheimnis verriet, die jeden Kummer verstand.

Mari wohnte eine Straßenbahnhaltestelle weiter. Juliane ging zu Fuß.

Sie freute sich über den blauen Himmel, über die Sonne, die sich langsam rötlich färbte, über die Schwalben, die pfeifend über den Dächern segelten.

Sie setzten sich in Maris Zimmer und stellten laut das Radio an; das war ihr Schutz nach außen. Niemand konnte sie belauschen. Maris Mutter kam und fragte, ob sie ein Glas Tee wollten.

Genüßlich tranken sie in kleinen Schlucken, und Juliane erzählte. Alles, wie es gewesen war.

Mari saß da, lauschte und freute sich mit der Freundin.

»Bist du verliebt?« fragte Mari schließlich.

Juliane zuckte die Schultern. Darüber mußten sie laut und lange lachen.

Die Mutter steckte den Kopf zur Tür herein, sagte belustigt: »Was seid ihr nur für Gickergänse« und verschwand wieder.

Juliane schien ihr Geheimnis, da sie es Mari anvertraut hatte, viel schöner.

Wenn sie die Augen schloß, sah sie ihn vor sich, wie er von der Angel aufblickt und sich ihr von der Seite zuwendet. Den Schnitt seiner Augen, die geraden Brauen darüber. Den Ansatz seines Haares, das ihm wie ein offenes V in die Stirn wuchs.

So deutlich war die Wahrnehmung, daß sie ihn hätte malen können.

Die Frühjahrsferien hatten begonnen.

An jedem Sonnabend vor den Ferien packte Juliane ihre Tasche und fuhr zur Großmutter, die in einem Dorf nahe der Ostsee wohnte. In diesem Mai hatte sie zum erstenmal kein Verlangen, dort zu sein.

Vielleicht würde sie in den Ferien den Jungen wiedersehen. Das schien ihr wichtiger als die Großmutter, als die sorglosen Tage, an denen sie von ihr verwöhnt wurde.

Zu Hause war sie die Große, mußte auf die Geschwister aufpassen. Die Eltern erwarteten, daß sie vernünftig war und ihnen half.

Bei der Großmutter aber war sie immer noch die kleine Jule, die gehätschelt und umhegt wurde. Sie konnte sich ihre Lieblingsspeisen bestellen, und die Tage wurden nach ihren Wünschen eingerichtet.

Das war jetzt nicht verlockend. Jeder andere Gedanke wurde von dem nach einem Wiedersehen verdrängt.

Der Großmutter würde sie später alles erklären. Und sie würde es verstehen.

»Du bist aber hier den ganzen Tag allein«, warnte die Mutter. Melli war bei den Ferienspielen angemeldet, der Vater mußte zur Arbeit, die Mutter fuhr zur Weiterbildung.

»Ich bin gern mal allein«, entgegnete Juliane.

Die Mutter sah sie nachdenklich an.

Am ersten Ferienmorgen wartete das Mädchen ungeduldig, daß die anderen aus dem Haus gingen.

Als die Mutter die Tür hinter sich ins Schloß zog, stellte sie das Radio an und räumte den Frühstückstisch ab. Sie sah aus dem Fenster.

Draußen, am mittleren Laternenmast der Buswendeschleife, fuhr wie jeden Morgen zwischen acht und halb neun der kastenförmige, grüne Bus ab.

Er brachte die jüngeren Kinder der sowjetischen Offiziere in ihre Schule, einen roten Backsteinbau in der Altstadt.

Juliane fielen die Arme herab. Sie hatte nicht damit gerechnet, daß die anderen keine Ferien haben könnten. Lustlos machte sie sich an den Abwasch. Sie hätte doch zur Großmutter fahren sollen. Alles war ausgeflogen, nur sie hockte nun die ganze Woche allein hier. Obendrein würde sie die Hausfrau spielen müssen. Die Mutter kam erst am Freitag wieder.

Juliane ließ das Geschirr im Becken stehen. Es würde auch von selbst trocknen.

Sie setzte sich in die Straßenbahn und fuhr zum Schloßpark. Er war menschenleer.

Nur auf einem der kunstvoll angelegten Blumenbeete pflanzten zwei Frauen in Arbeitskleidung Stiefmütterchen. Die aufgelockerte Erde roch nach Regenwürmern und Frühling.

Juliane ging zu der großen weißen Statue, die auf einer Rasenfläche stand. Sie traute sich, das gepflegte, kurzgeschnittene Gras zu betreten. Heute war niemand zu sehen, der sie hätte ausschimpfen können.

Es war das Bildnis einer reichen Frau. Auf dem Sockel stand mit großen Buchstaben ALEXANDRINE und noch etwas, das sie nicht entziffern konnte. Gewiß ein lateinischer Spruch.

Aus der Nähe betrachtet, war die Frau nicht schön. Sie wirkte herrschsüchtig und schon ziemlich alt.

Die Kleidung war prächtig. Der Bildhauer hatte sogar die unterschiedlichen Muster der Stoffe in den Stein gemeißelt. Die Frau blickte erhobenen Kopfes in die Richtung der Brücke. Da wurde sie Juliane wieder sympathisch. Auch sie stand hier, als wenn sie auf jemand wartete.

Das Mädchen schlenderte zur Brücke und strich mit der Hand über das Geländer. Eigentlich habe ich überhaupt niemanden, dachte sie mit plötzlichem Erschrecken.

Eltern und Geschwister waren da, und trotzdem zählten sie nicht. Die hatten sie gern, weil sie zur Familie gehörte. Das war ein Gesetz, und es würde sich nichts daran ändern, wenn sie plötzlich abgrundhäßlich würde, in der Schule eine totale Versagerin, eine Diebin oder etwas anderes Schlimmes. Sie würden sich aufregen und dann doch alles verzeihen.

Sie wollte aber, daß man sie mochte, weil sie Juliane war. Einzigartig und unwiederholbar wie jeder Mensch auf dieser Erde. Ein Lieblingssatz der Mutter.

Von Juliane hatte aber noch niemand verlangt, sie solle einzigartig sein. Manchmal hatte sie Angst, da es so lange dauerte mit dem Erwachsenwerden, daß bis dahin alle Rätsel gelöst, alle Wunder entdeckt und alles Wichtige erfunden wäre, und sie, Juliane, würde sich schämen müssen, daß sie nichts für die Menschheit getan hatte.

Die Entdecker, Forscher und Helden hatten in ihrer Kindheit alle etwas Bemerkenswertes und Außergewöhnliches an sich gehabt; das war in jedem Buch nachzulesen.

Sie dagegen – nichts Besonderes, dachte Juliane. Ein ganz gewöhnliches vierzehnjähriges Mädchen.

Sie versuchte, über das Brückengeländer gelehnt, ihr Spiegelbild im Wasser des Grabens zu erkennen. Das halblange, blonde Haar fiel ihr bis auf die Wangen, als sie sich nach vorn beugte. Sie spuckte dem Wasserbild ins Gesicht.

Wenn sie jetzt wegginge, einfach so, immer den Weg lang und den nächsten auch noch und den danach und alle, die ihr vor den Füßen lagen – ob sie jemand vermissen würde? Würden sich ihre Mitschüler in der Zehnten noch erinnern und sagen: Ja, als die Jule noch da war, die hat Einfälle gehabt... Oder hätten sie Mühe, sich zu entsinnen, wer das eigentlich war, diese Juliane... Sie bückte sich blitzschnell und knickte den Stengel einer Stiefmütterchenblüte ab. Sie drehte sie zwischen Daumen und Zeigefinger.

Sie könnte heute eigentlich ins Kino gehen. Oder den ganzen Tag nur Musik hören und auf der Couch liegen. Wie oft hatte sie sich das gewünscht, als Schule war. Sie warf das Stiefmütterchen ins Wasser, es trudelte fort. Langweilig war das alles, öde. Und den Jungen traf sie sowieso nicht.

Die Sonne schien schon warm an diesem Vormittag. Wenn man mit geschlossenen Augen das Gesicht hinhielt, sah man durch die Lider rote, geäderte Weiten.

Zu Hause holte sie Hacke und Harke aus dem Keller.

Sie waren mit der Großen Flurwoche an der Reihe, das hieß, auch die beiden langgestreckten Beete zwischen den Blocks mußten gesäubert und gelockert werden. Der

Vater würde sich freuen, wenn sie die Arbeit unaufgefordert erledigte.

Die Sträucher hatten faltige, durchsichtige Blätter angesetzt. Sie paßte auf, daß sie das zarte, klebrige Grün nicht verletzte. Sie lockerte den Boden gründlich. Die Erde glänzte feucht und dunkel.

Juliane spürte, daß jemand sie beobachtete. Sie drehte sich um. Er war es! Er trug eine Schulmappe und lächelte sie an. Er freute sich, daß er sie überrascht hatte. Sie erwiderte flüsternd seinen Gruß. Sie sahen sich an und schwiegen.

Über ihnen öffnete sich eine Balkontür, Juliane bemerkte ihre schmutzigen Hände. Sie konnte sich weder rühren, um die Hände zu verstecken, noch um die Haare aus dem Gesicht zu streichen.

Sie konnte auch nicht mehr lächeln.

Der Jung stocherte mit der Schuhspitze in der weichen Erde.

»Du gehst im Park?« fragte er. »Heute?«

Julia nickte. Sie wollte antworten, aber außer einem Piepsen kam ihr nichts aus der Kehle.

»Будет!« brachte sie schließlich mit heiserer Stimme heraus.

Der Junge wiederholte das Wort erfreut. »Будет«, sagte er und ging bis zur Ecke, dort drehte er sich um: »Будет!«

Juliane hackte auf das Beet ein. Er wohnte also hier, in

ihrer Nähe. Wie sie es geahnt hatte. Vielleicht hatten sie sich schon gesehen. Waren aneinander vorbeigegangen, ohne sich zu bemerken.

Sie wartete auf den Nachmittag, obwohl sie fürchtete, wieder kein Wort herauszubekommen, wenn sie sich sahen. Sie war begierig, die Sätze sprechen zu können, die sie gelernt, aber halb wieder vergessen hatte, und die auf einmal das wichtigste waren.

Wie er hieß, wo er wohnte. Die Berufe seiner Eltern. Ob er Geschwister habe, wofür er sich interessiere ...

Sie erinnerte sich an das Zureden der Eltern, daß sie diese Sprache ein Leben lang brauchen werde. Sie hatte ihnen nicht geglaubt.

Es war mühselig, in die Sprache mit den fremden Schriftzeichen einzudringen, und auf jedes Wort kamen zwei Fehler.

Aber es gab Vokabelhefte, Wörterbücher. Sie würde es eben lernen.

Juliane überlegte lange, ob sie Klemme mitnehmen sollte oder nicht. Brachte sie ihn mit, war sie keine Sekunde ungestört, ließ sie ihn im Kindergarten, würde der Junge vielleicht denken, sie schiebe den Bruder ab.

Sie hatte beobachtet, wie er mit seinem kleinen Bruder umging. Als wären sie gleichaltrig. Er mußte genau aufpassen, daß ihnen die Fische, die sie fingen, in dem Bruchteil der Sekunde zwischen Wasseroberfläche und

Plastebeutel nicht wieder entwischten, und er ließ den Kleinen den Fang tragen. Er hatte den Jüngeren keinmal unwirsch angefahren, wie sie es oft mit Klemme tat.

Sie seufzte. Klemme war auch viel frecher.

Juliane kämmte ihm sorgsam seine dünnen blonden Haare und band ihm den Anorak ordentlich zu.

In der Straßenbahn nahm sie ihn auf den Schoß. Er wollte lieber alleine sitzen, ganz alleine, wie er sagte. Sie ließ ihm seinen Willen, und er sah stolz nach draußen.

Sie nahm seine kleine Hand in ihre und war froh, daß sie ihn mitgenommen hatte.

Die beiden Jungen waren schon da, als sie zur Brücke kamen. Sie fütterten die Enten, die mit kurzen, hastigen Bewegungen im Graben paddelten. Die Brotkrumen, die ihnen hingeworfen wurden, schwabbelten sie wieder aus dem Wasser heraus. Klemme riß sich von der Schwester los und stürzte sofort hin. Das Mädchen ging zögernd hinterher. Eine Weile standen sie schweigend hinter den beiden Kleinen, die den Tieren Brocken zuwarfen. Der Junge sah Juliane manchmal mit einem schnellen Blick von der Seite an. Die beiden Jüngeren waren auf die andere Seite des Baches gelaufen. Der Junge sprach sie an. Juliane hörte die Worte, aber sie verstand ihn nicht, beim besten Willen nicht. Er wies mit dem Kopf zur Bank, die hinter ihnen stand, und sie erriet endlich, was er meinte. Sie setzten sich umständlich und mit Abstand voneinander. Es hätte sich noch jemand zwischen sie setzen können.

Er zog zwei in Zeitungspapier eingewickelte Fotos aus der Innentasche seiner Jacke und hielt sie dem Mädchen hin.

Das eine zeigte eine Gruppe von Menschen, die pyramidenförmig vor einem niedrigen Haus postiert war. Der Junge wies auf die obere Kopfreihe: »Onkel Kostja, Onkel Wolodja, Papa, Tante Mascha, Tante Irina, Mama, Onkel Borja ...« Im Vordergrund, in der Bildmitte, saßen zwei alte Leute.

Der Mann hatte einen zerbeulten Hut auf, die Hände stützte er auf die Knie. Er trug einen dunklen Anzug, und man sah deutlich, daß er es nicht gewohnt war, sich in ihm zu bewegen. Er lächelte aus den Augenwinkeln. Die alte Frau neben ihm, sie war klein wie ein Kind, hielt einen Säugling im Arm. Das Baby war fest in ein Kissen eingewickelt. Sie sah es aber nicht an, sondern voll Ernst und Aufmerksamkeit in die Kamera.

Die Großeltern waren von einer Schar Enkel umgeben, Kinder und Halbwüchsige. Er tippte auf einen dunkelhaarigen Jungen im Sporthemd: »Ich. Roman.«

Juliane richtete sich schnell auf und wies auf sich. »Ich. Juliane.« Der Junge wiederholte den Namen und fügte hinzu: »Jula.«

Sie sahen sich an. Roman wies auf einen der kleineren Jungen neben der Großmutter: »Sergej – Sascha.« Und auf den Bruder zeigend, der am Bach hockte: »Das ist mein kleiner Bruder Sascha.«

Juliane wies auf Klemme, der daneben saß, und sagte stockend russisch: »Das ist mein kleiner Bruder Clemens. Klemme.«

Ihr Herz schlug sehr schnell. Sie sah Roman an und merkte, daß man sich nicht in beide Augen zugleich sehen kann, sondern immer nur in eins. Das belustigte sie. Sie hätte gern die Hand ausgestreckt, um über seine Wange zu streichen und seine Haut auf ihrer Handfläche zu spüren. Noch nie hatte sie solche Wünsche gehabt.

Roman erklärte ihr, wer die Leute auf dem Gruppenbild waren. Mit unsichtbaren Linien, die er auf dem Foto mit der Fingerkuppe zog, zeigte er, wer zu wem gehörte.

Juliane nickte, aber sie nahm kaum wahr, was er erzählte. Sie lauschte seiner Stimme, dem eigenartigen Klang, den die Worte in seinem Mund bekamen.

Einmal, unabsichtlich, berührte er mit den Fingern ihren Handrücken.

Sie schrak hoch, als Klemme heulend angerannt kam. Die beiden hatten aus den Wasserschößlingen der Linden in der Nähe des Baches Peitschen gebrochen.

Sie hatten ausgelassen Pferd und Reiter gespielt, bis sie sich versehentlich mit den Gerten weh getan hatten und sich nun jammernd bei den älteren Geschwistern beschwerten. Die beschwichtigten sie und versuchten, sie wieder zum Spielen zu schicken ...

Klemme weigerte sich. Juliane drückte ihm einen spitzen Stock in die Hand, er solle damit ein Auto oder eine

Blume in den Sand malen. Klemme schüttelte eigensinnig den Kopf und maulte, sie solle mitkommen. Als Juliane nicht reagierte, umarmte er sie und legte bittend den Kopf an ihre Hüfte.

Roman saß schweigend daneben. Sein Bruder jagte die Enten am Bach.

Roman fragte sie leise, mit belegter Stimme, ob sie die alten Eichen kenne: »Zweimal hundert Jahre.«

Juliane schüttelte den Kopf. Sie war so aufgeregt, daß sie nicht sprechen konnte. Roman stand auf und wollte Klemme übers Haar streichen. »Lieberr Junge, lieberr Junge . . .«

Klemme wehrte ihn wütend ab. »Das ist meine Jule, nicht deine!«

»Jula«, bat Roman leise. »Ich zeige dir Eichen. Sonntag.« Er zeigte auf der Uhr die Stunde.

Juliane schluckte und nickte. Klemme machte ihr alles kaputt. Sie hätte ihn zu Hause lassen sollen. Der Kleine versuchte angestrengt, die Schwester wegzuziehen.

Roman und Juliane gingen auseinander, ohne sich richtig verabschiedet zu haben. Als Juliane sich noch einmal umdrehte, stand Roman neben der Bank und sah ihnen nach. Er stand dort so allein, wie sie es vormittags hier gewesen war. Am liebsten wäre sie umgekehrt, hingerannt zu ihm. Der Weg schien nur dazusein, um zu ihm hinzuführen. Sie könnte gehen, seine Hand nehmen oder über seine Wange streichen, ihr Gesicht an seines legen. Sie glaubte, daß auch er darauf wartete. Sie rief ihm »Sonntag« zu und: »Воскресенье«. Er hob mit einer raschen Bewegung die Hand und ließ sie wieder fallen. Sie verstand den Gruß. Überhaupt verstand sie alles von ihm.

Klemme vermißte die Mutter; ständig fragte er nach ihr. Auch Juliane fehlten die allabendlichen Gespräche, wenn sie gemeinsam den Abwasch erledigten und die Frühstücksbrote für den nächsten Tag vorbereiteten.

Mit dem Vater konnte man sich nicht so gut unterhalten. Er war immer beschäftigt.

Abends im Wohnzimmer, die Kleinen lagen schon im Bett, erzählte sie ihm, daß sie sich mit einem sowjetischen Jungen unterhalten habe.

Ihr Herz klopfte dabei fast so stark wie am Nachmittag im Park. Der Vater las.

Als Juliane ihn ansprach, sah er nicht auf, erwiderte nur zerstreut: »Ja ... na schön ...«

Nach einer Weile fragte er, ob sie sich russisch oder deutsch unterhalten hätten.

»Beides«, antwortete sie und erwartete, daß er mehr werde wissen wollen.

»Na siehst du«, murmelte er und blätterte die nächste Seite um, Juliane war enttäuscht. Mutter hätte nicht so reagiert. Mutter merkte immer, wenn etwas Besonderes war. Und etwas war besonders. Mit jedem Tag spürte sie es mehr.

Wachte sie auf, ahnte sie noch im Halbschlaf, daß etwas Schönes sie erwartete.

Sie öffnete die Augen und sah von ihrem Bett aus die beiden oberen Etagen des gegenüberliegenden Blocks. Sie war sofort ganz wach und setzte sich auf. Sie versuchte zu erkennen, was hinter den Fenstern vor sich ging. Manchmal guckte ein kleines Kerlchen im Schlafanzug aus dem Fenster. Wie Sascha, dachte sie.

Das Aufstehen fiel ihr leicht. Sie reckte sich und bekam Lust, an diesem Tag etwas Neues zu erleben, oder einfach darauf, zu lesen oder mit Klemme spazierenzugehen. Wenn sie abends im Bett lag, wiederholte sie in Gedanken jede ihrer Begegnungen. Was sie gesagt hatten und was sie hätten sagen können. Sie malte sich ihr Wiedersehen aus. Sie nahm sich vor, fröhlich zu sein, ausgelassen. So, wie ihr wirklich zumute war, wenn sie sich sahen. Nur nicht wieder so stumm und verlegen. Roman könnte denken, sie langweile sich mit ihm.

Als sie am Freitag gegen Mittag zur Kaufhalle schlenderte, verbot sie sich, zu glauben, daß es Roman war, der ihr mit der Schultasche in der Hand entgegenkam. Er ging langsamer und sagte leise, ohne sie anzusehen: »Guten Tag, Jula.«

Unzählige Male hatte sie diesen Moment vorausgedacht. Etwas zu sagen, darauf war sie nicht vorbereitet. Und sagen mußte sie etwas, sie konnten unmöglich länger schweigend mitten auf dem Weg stehen und sich anstarren.

Plötzlich sagte jemand von hinten deutlich und sehr laut: »Einen schönen guten Tag auch, Fräulein Juliane.«

Sie fuhr herum. Es war Torsten Röwer aus ihrer Klasse, der zwei Eingänge weiter wohnte. Er ging grinsend vorbei.

Torsten war lange Zeit der einzige gewesen, den sie in der Umgebung kannte. Als sie in die neue Schule gekommen war, gingen sie gleich am ersten Tag zusammen nach Hause, und er bot ihr an, wenn sie wolle, könne sie sich für die Schularbeiten seinen Zirkel ausleihen. Er hätte ein teures Modell mit vielen seltenen Zusatzteilen, das ganz fein und exakt zeichnete. Eines Nachmittags hatte er ihr den Zirkel gebracht, und sie sahen sich einen Film an, der gerade im Fernsehen lief. Sie fand Torsten nett. Morgens wartete er oft vor der Haustür auf sie.

Einmal bemerkte sie, wie er eine Katze, die sich auf dem Hof verirrt hatte, mit Steinen bewarf. Sie riß das Fenster von ihrem Zimmer auf und brüllte nach unten, er solle das Tier in Ruhe lassen oder sie hole die Polizei. Es war ihr herausgerutscht, natürlich hätte sie es nicht getan. Torsten lachte. Er lachte gemein und schrie zurück, die Polizei warte schon auf sie, sie solle nur hingehen. Juliane schlug ärgerlich das Fenster zu. Hinter der Gardine sah sie nach draußen. Torsten hatte von der Katze abgelassen, er versuchte, Steine in einen offenen Müllcontainer zu werfen. Seit jenem Tag vermieden sie es, die Schule so zu verlassen, daß sie gemeinsam gehen mußten.

Es machte Julia wütend, daß Torsten sie gesehen hatte, vielleicht hatte er sie schon lange beobachtet. Vor Wut schossen ihr Tränen in die Augen. Sie wandte sich ab und murmelte, nicht bedenkend, ob Roman sie verstand, daß sie weitermüsse. In entgegengesetzter Richtung trotteten sie davon.

Am Nachmittag kam die Mutter nach Hause. Juliane atmete auf. Klemme tobte durch alle Zimmer. Die Mutter räumte, vor sich hin summend, ihre Sachen in die Fächer. Sie trank Kaffee und rauchte.

Das Mädchen gab sich Mühe, die Mutter nicht merken zu lassen, wie sehr sie die unglückliche Begegnung vom Vormittag bedrückte. Sie wollte der Mutter zeigen, daß sie sich freute, weil sie zurück war. Und doch stand hinter dieser Freude eine andere. Und dahinter ein ungewohnter, scharfer Schmerz.

Sie lag schon im Bett und las, als die Mutter zu ihr kam. Das Mädchen merkte gleich, sie kam nicht nur, um gute Nacht zu sagen. Sie blätterte in einem der Hefter, die auf dem Arbeitstisch der Tochter lagen, und sagte dann, den Blick aus dem Fenster gerichtet: »Du kennst einen sowjetischen Jungen? Einen von gegenüber?«

Das Mädchen schwieg erschrocken. Sie hatte nicht mehr damit gerechnet, daß sie gefragt würde. Sie stotterte schließlich verlegen, woher die Mutter es denn wüßte. Die Mutter antwortete, daß der Vater es ihr natürlich erzählt habe. Ob der Junge von gegenüber sei.

Juliane nickte. Sie hätte gern erzählt, wie alles gekommen war und wie gut sie Roman verstand, so, daß die Mutter begreifen mußte, wie einmalig, wie wichtig dieser Junge für sie war. Sie brachte aber nur über die Lippen: »Er heißt Roman.«

Die Mutter legte den Hefter weg, strich sich die Haare glatt und sagte in verändertem, sachlichem Ton: »Na, dann schlaf man schön, du mußt ja bald wieder früh raus.«

Juliane fühlte, daß dies der Moment war, in dem sie erzählen konnte, daß sie sich am Sonntag mit Roman traf. Aber etwas anderes in ihr widersprach heftig, das Geheimnis zu verraten. Sie legte das Buch beiseite und rollte sich zusammen.

Als die Mutter schon auf dem Flur war, rief sie ihr hinterher: »Mutti! Mutti!« Beinahe, wie Klemme es machte. Die Mutter kam zurück. Sie blieb in der Tür stehen. Auf ihre Frage, was sie denn wolle, sagte das Mädchen kaum hörbar: »Ich hab dich lieb, Mutti.«

Sie schämte sich für diesen Satz, und gleichzeitig war sie froh, nichts anderes preisgegeben zu haben. Sie tröstete sich mit dem Gedanken, daß sie bis Sonntag Gelegenheit haben werde, mit der Mutter zu sprechen.

Die Gelegenheit ergab sich nicht. Seit diesen wenigen Worten über Roman konnte sie nicht mehr wie sonst mit der Mutter reden.

Eine feine, nicht genau bestimmbare Verlegenheit war zwischen ihnen. Juliane glaubte zu bemerken, daß die

Mutter sie beobachtete. Sie wich ihren Blicken aus und tat unbefangen. Am Sonntag, nach dem Essen, sagte Juliane so ruhig wie möglich, sie wolle am Nachmittag Elke besuchen, ihre Banknachbarin. Bei Elke sei es sehr eng, ob sie mal ohne Klemme gehen könne.

Die Mutter zuckte die Achseln. Natürlich könne sie das, sie solle aber pünktlich zum Abendbrot wieder zu Hause sein. Juliane versprach es eilig und mit ungutem Gefühl. Sie wünschte sich, sie hätte die Wahrheit gesagt.

Als sie in den Park kam, war Roman noch nicht da. Sie setzte sich auf eine Bank, so daß sie die Brücke im Auge hatte, streckte die Beine weit von sich und tat, als ruhe sie aus.

Wenn er nicht käme. Wenn er wirklich nicht käme! Eine solche Beklemmung kroch von der Magengegend in ihr hoch, daß sie sich verbat, weiter darüber nachzugrübeln.

Am Sonntag, um die Mittagszeit, war es leer im Park. Nur ein älteres Ehepaar schlenderte eingehakt vorüber, und ein Junge flitzte mit dem Fahrrad einen Seitenweg entlang, obwohl das Radfahren hier verboten war. Wie das Angeln, dachte das Mädchen.

Roman kam im Laufschritt zur Bank. Im selben Moment schien ihr, sie habe nie einen Zweifel gehabt, daß er kommen würde. Ihre Ängste waren verflogen. Schnell stand sie auf und ging ihm entgegen, streckte ihm die Hand hin, noch ehe sie zögern konnten, sie sich zu reichen. Sie sahen sich an, lächelten. Roman machte eine Bewegung, um anzudeuten, daß sie gehen wollten. Sie sah ihn von der Seite an und bemerkte, daß er kleiner war als sie. Nicht viel, aber immerhin kleiner. In der Klasse lachten sie darüber, wenn das Mädchen einen überragte, mit dem sie zusammenstand oder in der Disko tanzte. Juliane schüttelte den Gedanken ab. Als ob das wichtig wäre. Die paar Zentimeter.

Sie gingen auf dem Pfad, auf dem man den ganzen See umrunden konnte. Sie liefen hintereinander. Das Mädchen sah auf seinen Rücken, den die an den Schultern gepolsterte Jacke unnatürlich verbreiterte. Über dem Kragen ein schmaler Streifen seines gebräunten Halses. Die Nackenhaare waren frisch ausrasiert.

Der Junge ging erst zögernd, dann wieder schritt er rasch aus, wurde langsamer. Manchmal bückte er sich nach einem Stein und schleuderte ihn in den See, der hinter dem Gürtel aus gelbem, vorjährigem Schilfrohr nicht zu sehen war. Oder er zupfte im Gehen ein Blatt vom Ufergesträuch ab.

Allmählich ging er gleichmäßiger, ruhiger. Er sah sich nicht nach dem Mädchen um, und Juliane hätte es auch nicht gewollt. Roman schritt nun ohne Hast aus, wie ein erfahrener Wanderer, der seine Kräfte einzuteilen vermag.

In der Klasse sagten sie: Karsten geht mit Sabine, oder Ruth geht mit Ulli. Sie fand es plötzlich zutreffend gesagt: mit einem gehen. Sie ging mit Roman.

Der schweigende Junge schien ihr an diesem Nachmittag fremder. Aus einem anderen Land, einem anderen Volk. Er sprach nicht nur eine andere Sprache, er kannte andere Städte, Dörfer und Gegenden, die sie nie gesehen hatte.

Es gab für ihn außer dem Neubauviertel, in dem sie beide wohnten, ein fernes Zuhause, das Juliane voller Geheimnisse und unergründeter Weiten schien. Wie die Lieder, die sie gegenüber auf den Balkons sangen.

Das Mädchen erinnerte sich, daß sie in den vergangenen Sommerferien nachts auf dem Bahnhof gesehen hatte, wie eine Gruppe von Offizieren, Frauen und Kindern zum Zug nach Brest verabschiedet wurde, ebenfalls von Offizieren, Frauen und Kindern. Die Frauen hatten große Tücher umgelegt, obwohl es nicht kalt war. In einschläferndem, eintönigem Rhythmus wiegten sie die kleinen Kinder auf dem Arm. Die größeren saßen zusammengekauert neben dem dunklen Berg, der aus Koffern und Bündeln auf dem Bahnsteig aufgetürmt lag. Als der Zug auf das Gleis geschoben wurde, umarmten sich alle und küßten sich die Wangen. Die Frauen, die hierblieben, und die, die in den Zug stiegen, wischten sich mit den Zipfeln ihrer Tücher die Tränen weg.

Juliane beneidete die, die schon auf den Trittbrettern standen. Weder die Abreisenden noch die Zurückbleibenden verbargen den Kummer, den ihnen die Trennung bereitete. Die Männer schlugen sich beim Umarmen mit der flachen Hand auf den Rücken.

Roman bog vom Weg, der sich um den See schlängelte, ab. Sie gingen lange bergan, sie kamen durch ein Buchenwäldchen, über das sich schon ein durchsichtiges Blätterdach breitete. Still, sehr still war es dort. Unter den Bäumen blühten Anemonen. Juliane hätte gern welche gepflückt, aber um ihr gleichmäßiges, aufeinander eingespieltes Gehen wäre es ihr leid gewesen.

Sie liefen jetzt nebeneinander. Einmal streiften sich ihre Hände flüchtig.

Als sie den höchsten Punkt der Böschung erreicht hatten, blieb der Junge stehen.

Man konnte von hier fast über den ganzen See blicken. Die Buchten taten sich auf und wurden von entfernten Landzungen wieder geschlossen.

Juliane kauerte sich ins Gras. Nach einem Zögern ließ sich der Junge neben ihr nieder. Dicht neben ihr. Sie sahen auf das Wasser, sahen sich an und wieder auf den See, auf dem ein paar Angelkähne zu erkennen waren.

Da – Juliane zeigte mit der ausgestreckten Hand auf einen Bussard, der weite Kreise um einen unsichtbaren Mittelpunkt zog. Als sie sich wieder einander zuwandten, machte das Mädchen unwillkürlich eine Bewegung auf den Jungen zu. Sie geriet mit ihrem Gesicht zwischen den dunklen, kratzigen Stoff seiner Jacke und die sehr warme und glatte Haut seines Halses. Betäubt von der Berührung verharrten sie. Juliane spürte die trockenen Lippen des Jungen auf ihrer Wange. Sie zog den Kopf zurück.

Roman sah auf den Boden und zupfte das Gras zwischen seinen Schuhen aus. Sie hielt ihm die Hand fest, die ihr klein und hilflos vorkam.

Er griff nach ihren Fingern. Sie verschlangen sich von selber ineinander.

Sie standen auf, ohne sich loszulassen, und liefen die steile Böschung hinunter. Es war gefährlich, leicht konnte sich ein Erdbrocken oder ein Stein lösen und mit ihnen nach unten stürzen. Mehrmals stolperten sie, daß sie fast fielen. Das Mädchen stieß kleine, ängstliche Lacher aus.

Unten am Wasser blieben sie keuchend nebeneinander stehen. Das Mädchen hockte sich hin und kratzte mit einem Stöckchen in den feuchten Boden ROMAN + JULIANE. Er nahm ihr das Stöckchen aus der Hand, malte ein Herz um die beiden Worte und einen Pfeil durch seine Spitze.

Sie sagte leise: »Roman, Roman.«

Auch er sprach ihren Namen. Fragend. Zögernd, als probiere er ein neues Wort: »Jula.«

Sie preßten ihre Hände ineinander, bis es schmerzte. Juliane legte vorsichtig den Kopf auf seine Schultern. Er tat es ihr nach.

Als sie zurückgingen, hätte Juliane nicht zu sagen gewußt, ob sie nur Minuten oder Stunden dort gestanden hatten. Ab und zu bleiben sie stehen und sahen sich prüfend an.

»Твоё лицо«, flüsterte er.

Juliane erwiderte: »Dein Gesicht...«

Als er ihr auf der Bank die Fotos gezeigt hatte, nannte Roman die Stadt, aus der er kam: Kjachta. Die Mutter war aus Moskau, der Vater hatte sie dort beim Studium kennengelernt. Kjachta – ein seltsamer Name. Am nächsten Tag hatte sie ein Lexikon nach dem anderen gewälzt, die Stadt war nicht zu finden. Auch im Atlas nicht. Sie bat den Vater, danach zu suchen, sie brauchte es für ein Kreuzworträtsel. Er fand es schließlich: Kjachta, Industriezentrum in der Burjatischen ASSR, am Fluß Kjachta. Schuh- und Wirkwarenproduktion; Technika, Museum, fünfzehntausend Einwohner.

Einen Fluß konnte sie sich vorstellen. Das gelang immer am besten: Flüsse, Berge, Seen... Die Stadt blieb im ungewissen. Die Betriebe, in die die Leute früh zur Arbeit gingen. Oder wie die Schulen aussehen mochten.

Juliane freute sich, daß die Landschaft an den Baikal grenzte. Wenigstens ein Name, der ihr vertraut war, Bilder, die sie schon gesehen hatte. Aber Kjachta. Sehr groß war auf einmal die Welt.

Als sie an diesem Nachmittag die Hand des Jungen in ihrer fühlte, besaß sie die Gewißheit, daß es eine Verbindung gibt: Kjachta und Moskau und ihre Stadt. Der Sinn der Straßen, Autos, Flugzeuge ging ihr auf. Daß man zueinander findet. Sie faßte die Hand des Jungen fester. Alle Entfernungen würden zusammenschrumpfen, wenn sie es nur wollten.

In der Nähe des Schloßparks sah Juliane zum erstenmal auf die Uhr. Sie erschrak. Sie hätte seit zwei Stunden zu Hause sein müssen. Trotzdem machte sie keine Einwände, als Roman fragte, ob sie sich auf ihre Bank setzen wollten.

Den Gedanken, daß sie zu spät nach Hause kommen würde, schob sie von sich. Alles war heute fröhlich, leicht. Sie dachte nur zwei Worte: Roman und Juliane.

Sie redeten, krakelten Zeichen und Buchstaben in den Sand. Sie verstanden jedes Wort und jede Geste. Sie erzählten von dem, was ihnen lieb war, das liebste bisher. Sie ahnten, mit diesem Sonntag hatte eine neue Zeitrechnung angefangen.

Zwischendurch verstummten sie und sahen sich an. Kein Härchen, keine Pore, die sie nicht mit den Augen erkundeten. Keine Eigenartigkeit, die ihnen entging. Sie sahen sich an, als gäbe es keine Fotos und kein Wiedersehen und sie müßten sich in dieser Stunde für immer das Gesicht des anderen einprägen.

Das Mädchen fragte, ob sie sich schreiben wollten. Sie könnten sich einfach gegenseitig die Briefe in den Postkasten stecken. Roman fuhr erschrocken auf. »Нельзя!« Auf keinen Fall.

Er versuchte Juliane zu erklären, daß sein Vater Offizier sei. Darum ginge es nicht.

Juliane fand die Frage nicht beantwortet. Sie wolle doch ihm schreiben, nicht seinem Vater.

Der Junge legte sehr vorsichtig seine Hand auf Julianes

Arm, als fürchte er, sie könne ihn ihm wieder entziehen. Er sah sie mit Nachsicht an, wie manchmal seinen kleinen Bruder: »Нельзя«

Eine schreckliche Vermutung durchfuhr sie: »Und daß wir uns treffen?«

Er schüttelte vage den Kopf und drehte die Handflächen nach außen. Eine Geste, die Ja und Nein heißen konnte. Juliane begriff, daß es die Antwort war, die er geben konnte, und daß sie jetzt keine andere von ihm würde verlangen können.

Sie schwieg, eine ungute Empfindung wuchs in ihr. Ein Etwas, ein Schatten, eine Sache, mit der sie nichts zu tun hatte und nichts zu tun haben wollte, war da und mischte sich in Dinge, die nur Roman und sie angingen.

Für einen Augenblick überfiel sie der Gedanke, Roman gebrauche einen Vorwand. Vielleicht fühlte er gar nicht dasselbe wie sie. Vielleicht war dieser Sonntag für ihn nur ein Spaziergang mit irgendeinem Mädchen, das er zufällig kennengelernt hatte, und alles war nur aus Langeweile ...

Der Junge beugte sich nach vorn. Er schien ihr noch kleiner und gar nicht älter und erwachsener als sie. Sie schämte sich ihres Verdachts.

Als sie in der Straßenbahn saßen, erinnerte Juliane sich plötzlich, daß sie nicht wie verabredet bei den Eichen gewesen waren. Sie gebrauchte seine Worte: »Zweimal hundert Jahre.« Der Junge versuchte, ihr zu erklären, daß sie dort gewesen waren. Auf dem höchsten Punkt der Böschung hätten sie hinter ihnen gestanden. Juliane hatte sie nicht wahrgenommen. Sie mußten sehr darüber lachen. Noch einmal verschränkten sich ihre Hände.

Am nächsten Morgen bekam das Mädchen die Augen nur mühsam auf. Den Blick nach gegenüber wagte sie nicht.

Als sie schwerfällig aus dem Bett stieg, sah sie auf dem Laken den roten Fleck. Sie wußte, was er zu bedeuten hatte. Die meisten Mädchen entschuldigten sich schon seit ein, zwei Jahren mitunter bei der Sportlehrerin, mit der Bemerkung, sie könnten heute nicht, und durften dann die Sportgeräte ordnen oder Hilfestellung leisten. Untereinander sagten sie schamhaft, aber auch mit einer Art Stolz: meine Tage. Oder: meine Regel.

Man hatte Juliane gesagt, was mit ihr vor sich gehen würde. Als die Mutter vor längerer Zeit zum erstenmal in Julianes Beisein das Gespräch darauf gebracht hatte, war das Mädchen beängstigt gewesen, gegen ihren Willen und ohne daß sie wie bei einer Krankheit dagegen etwas unternehmen könne, geheimnisvollen Vorgängen ausgesetzt zu sein. Die Mutter hatte entschieden entgegnet, das sei etwas ganz Normales, worauf man nicht allzuviel Grübelei verschwenden sollte. Es sei eben notwendig, um Kinder zu bekommen, und Kinder wolle sie doch haben. Das war keine Frage für Juliane. Kinder wollte sie. Die schematische Darstellung des Monatszyklus, die ihr die Mutter damals im Lexikon zeigte, war dem Mädchen unangenehm im Gedächtnis. Eher angetan, sie zu beunruhigen. Aber es war damals noch nicht ihre Sache, sie nahm es eben zur Kenntnis, und irgendwann einmal würde es sie angehen.

Seit diesem Morgen betraf es sie, und mehr als sie erwartet hatte. Die Mutter hatte damals beiläufig ergänzt, das Mädchen möchte ihr sagen, wenn sie etwas bemerke.

Nach dem gestrigen Abend wußte Juliane, sie würde es nicht tun. Sie hatte schon von der Straße aus gesehen, daß hinter dem Küchenfenster jemand stand und Ausschau hielt. Als sie mit Roman um die Ecke bog, stand der Vater in der Haustür. Er empfing sie mit einem Schwall von Vorwürfen und zog das Mädchen ins Haus. Sie konnte sich von Roman weder verabschieden noch fragen, wann sie sich wiedersehen würden.

Der Vater redete wütend auf sie ein, als sie im Wohnzimmer den Eltern Rede und Antwort stehen sollte. Das Mädchen sagte keinen Ton. Sie fühlte sich elend. Sie dachte an Roman und wie er zu Hause empfangen würde.

Die Geschwister kamen. Melli setzte sich in ihrem geblümten Schlafanzug dem Vater auf den Schoß und sagte wichtigtuerisch: »Jule war frech, nicht? Ich mache so was nicht. Ich sage immer Bescheid, wenn ich später komme.«

Der Vater gab ihr einen Klaps. »Ja, ja, ist schon gut.«

Klemme wußte nicht, ob er sich dem Zorn der Erwachsenen oder Julianes Trotz und Hilflosigkeit anschließen sollte. Er stand unschlüssig in der Zimmermitte: »Jule ist schon wieder lieb«, sagte er vermittelnd.

Das waren die ersten Worte, die das Mädchen erreichten. Die anderen ließ sie an sich vorbeigleiten. Sie waren nicht für sie bestimmt. Sie galten dem Kind Juliane, das sie vielleicht noch heute morgen war. Mit dem Kind konnte man so zanken, wenn denn nicht anders mit ihm zu reden war. Juliane wußte sicher, daß sie dieses Kind hinter sich gelassen hatte. Es war eine andere Person.

Das Mädchen merkte, daß die Mutter nicht nur uneins mit ihr war, weil sie sich stundenlang um die Tochter gesorgt hatte. Dahinter gab es noch eine andere Beunruhigung, die sich Juliane nicht erklären konnte. Es ging auch nicht darum, daß sie mit einem Jungen weg war, obwohl die Eltern sagten, es hätte sie sehr gekränkt, daß sie nicht einmal so viel Vertrauen zu ihnen habe, ehrlich zu sagen, wohin sie ginge. Ob sie etwa annehme, man wolle ihr die Freundschaft mit einem Jungen verbieten.

Das Mädchen blieb stumm, sie erwiderte nichts. Es war nicht richtig, daß sie zu spät gekommen war. Sie verstand, daß die Eltern sich Sorgen gemacht hatten. Aber es gab sehr ungewöhnliche Dinge im Leben. Von solcher Einmaligkeit, daß man darüber die Zeit vergaß. Sie hatte erlebt, daß es eine Brücke geben konnte zwischen Kjachta und ihrem Neubauviertel. Es war nicht gerecht, sie danach ›falsche Göre‹ zu nennen, wie es ihr der Vater in der ersten Wut entgegengebrüllt hatte.

Plötzlich wußte Juliane, wie sie die Eltern treffen konnte. Sie sagte: »Ihr seid ja bloß dagegen, weil es einer von gegenüber ist.« Eine Weile war es ganz still. Dann hatte der Vater die Tür aufgerissen und sie aus dem Zimmer gewiesen.

Juliane saß lange auf ihrem Bett. Sie wartete, daß die Mutter, vielleicht der Vater noch einmal kämen. Wie sollten sie jetzt weiter zusammenleben?

Es kam niemand. Juliane legte sich ins Bett und beobachtete, wie gegenüber ein Licht nach dem anderen ausgeschaltet wurde. Sie begann erst leise wimmernd zu schluchzen, bis das Weinen hemmungslos aus ihr herausbrach. Sie dachte nicht daran, daß sie jemand hören könnte. Aber es hörte sie wohl auch niemand.

Sic stand auf und ging schluchzend ans Fenster. Da drüben war jetzt Roman.

Die Entfernung bis zum Haus gegenüber kam ihr sehr groß vor. Die beiden Neonlaternen verbreiteten im Innenhof fahles Licht. Nichts regte sich. Kein Mensch, keine streunende Katze. Das einzig Lebendige schien sie zu sein. Sie fröstelte vor Erschöpfung und legte sich wieder hin.

Als sie endlich warm wurde, meinte sie einen Augenblick lang auf ihrem Gesicht wieder Romans glatte, weiche Haut und den rauhen Jackenstoff zu spüren. Der unbekannte, kaum wahrnehmbare Geruch, der von beiden ausging. Sie beruhigte sich und fiel in einen schweren Schlaf.

Jetzt, am Morgen, schien ihr, der Kummer hätte sie während des Schlafes nicht eine Sekunde verlassen. Sie suchte ihren Taschenspiegel und fand ihn nicht. Mit den Händen tastete sie ihr Gesicht ab. Es war heiß und verschwollen.

Sie versuchte, das Laken vom Bett zu zerren. Wut und Erniedrigung, nichts selber bestimmen zu können, machten ihre Bewegungen fahrig und nervös. Die Mutter rief vom Flur aus in gereiztem Ton, ob sie endlich aufstehen wolle oder ob sie es darauf angelegt habe, auch noch zu spät zur Schule zu kommen. Sie riß die Tür auf. Sie sah das Mädchen mit dem Bettuch in der Hand und begriff sofort. Die beiden scharfen Falten verschwanden zwischen ihren Augenbrauen. Sie legte Juliane eine Hand auf die Schulter und sagte beschwichtigend: »Ach, mein Kind, auch das noch.« Sie brachte Juliane neues Bettzeug und Watte. Dem Mädchen kamen schon wieder die Tränen, aber diesmal, weil sie sich geborgen fühlte unter den sachlichen Anweisungen der Mutter.

Am Mittwoch sagte Melli in die nachdenkliche Stille, die seit einigen Tagen beim Abendbrottisch herrschte: »In der Schule sagen sie Russenbraut zu Jule.« Dem Vater entfuhr zwischen zwei Bissen ein schnelles: »Da-hast-du's.«

»Johannes!« Die Mutter setzte ihre Tasse mit einem Ruck auf den Tisch.

Er winkte ab. Man solle ihn mit der Geschichte in Ruhe lassen. Natürlich habe er im Prinzip nichts dagegen, aber es gäbe so viele nette Jungen in der Klasse. Warum denn um Gottes willen ausgerechnet dieser!

»Es ist immer ›ausgerechnet dieser‹«, fiel ihm die Mutter ironisch ins Wort.

Juliane sah auf ihren Teller und sammelte die Krümel zusammen. »Wer ist denn ›sie‹?« fragte die Mutter.

»Torsten«, sagte Juliane mürrisch. Man sollte sie in Ruhe lassen.

»Er ist eben eifersüchtig«, meinte die Mutter. Melli kicherte. Juliane blieb stumm. Schon seit Montag hatte sie ein Zaubermittel. Sie konnte sich in einen unsichtbaren Mantel hüllen, der schützte. Als sie am Montag morgen aus dem Haus ging, sah sie beim gewohnten Blick in den Briefkasten, daß neben den Zeitungen etwas Buntes glänzte. Eine russische Glückwunschkarte zum Tag der Befreiung. Auf der Vorderseite war der Spasskiturm zu sehen. Er wurde halb überdeckt von üppig rosa blühenden Bäumen. Daneben stand in schwungvollen, vergoldeten Buchstaben »С праэдником!«. Glückwunsch zum Feiertag! Auf der Rückseite war in steiler, sehr sauberer Schrift zu lesen: Auf Wiedersehen. Sonntag. Zwei Uhr. Roman. Auf der Karte steckte ein winziges, rundes Abzeichen, dessen durchsichtige Plaste wie ein Regentropfen gewölbt war. Darunter, vor leuchtend rotem Hintergrund, Lenins Kopf. Juliane riß hastig das Abzeichen von der Karte. Melli, die hinter ihr die Treppe runterkam, brauchte nichts davon zu wissen.

Das Abzeichen ließ sie im Innern ihrer Hand verschwinden. Immer, wenn es nur irgend ging, bewahrte sie es dort. Sie hielt die Hand fest geschlossen. Öffnete sie die Finger ein wenig, schien ihr der Mann in fröhlichem Einverständnis entgegenzublinzeln. Sie war dann ganz sicher, alle Mißverständnisse würden sich klären. Alles, was sie bedrückte, was sie nicht verstand und was ihr Kummer machte, würde sich in nichts auflösen. Es gab Roman, und es gab sie, Juliane. Sie würden sich wiedersehen, und alles würde gut werden.

Der Vater stieß sie an: »Träum nicht. Räum den Tisch ab.«

In ihrem Zimmer zog sie den Stuhl ans Fenster und sah hinaus. Sie würde Roman nicht sehen können, so viel hoffte sie nicht, aber vielleicht sah er sie. Sie legte Karte und Abzeichen vor sich auf das Fensterbrett. Gegenüber leuchtete das vielfarbige Mosaik der erhellten Fenster.

Juliane suchte reihenweise die Fenster ab, ob sie Roman entdecken würde. Jedes Viereck, das aufleuchtete, war eine neue Hoffnung. Erfüllen tat sich keine. In einem Balkonzimmer zerlegten Soldaten Möbel. Eine unbekleidete Glühbirne erhellte den Raum. Die Gardinen waren zurückgeschoben oder schon abgenommen. Das Zimmer leerte sich schnell. Ab und zu kam ein Mann im Trainingsanzug und sprach mit den Soldaten. Vielleicht gab er ihnen Anweisungen. Die Soldaten hatten nicht nur ihre vollständige Uniform an, sie behielten bei der Arbeit auch ihre Mützen auf, als seien sie im Freien.

Sonderbar sah das aus. Als triebe sie etwas zu solcher Eile, daß sie nicht einmal die Kopfbedeckung abnehmen konnten. Juliane fühlte, wie sie müde wurde. Zum erstenmal in ihrem Leben sehnte sie sich nach Schlaf, nahm ihn nicht als Selbstverständlichkeit hin. Die Eltern hatten eine Schallplatte, in deren Musik eine tiefe Männerstimme sprach: *Süßer Schlaf, du kommst wie reines Glück, unerbeten, unerfleht am willigsten; du lösest die Knoten der strengen Gedanken, und eingehüllt in gefälligem Wahnsinn versinken wir und hören auf zu sein . . .* Das Mädchen verstand nun, was damit gemeint war. Schlaf hieß vergessen, was schlecht war. Schlaf war auch die Möglichkeit, zu träumen. Sie hatte in der vergangenen Nacht einen Traum gehabt, einen langen und ungewöhnlichen, an den sie sich tagsüber ein paarmal erinnerte, damit sie ihn nicht vergaß.

Sie stand mit ihrer Klasse, die festlich und unbequem angezogen war wie zur Jugendweihe, vor dem Eingang zum Standesamt. Alle warteten ungeduldig, daß die Tür sich öffne. Als sie sich endlich auftat, sah Juliane, daß sie selber die Braut war. Sie blickte von der obersten Stufe der kleinen Treppe auf die Menge. Es war nicht nur ihre Klasse, alle Schüler der Schule standen dort in Gruppen wie zum Fahnenappell. Hinter ihnen reckte sich die Schar der Lehrer und flüsterte sich Bemerkungen zu. Manchmal nickten sie zu Juliane hinüber und lächelten.

Jemand faßte vorsichtig nach ihrer linken Hand. Sie hätte nicht beschwören mögen, daß es Roman war, dicht neben ihr. Die Hand aber war so behutsam, wie nur seine es konnte.

Eine Kapelle begann zu spielen, und sie schritten die Stufen herab. Die Zuschauenden klatschten im Takt den Rhythmus mit. Juliane sah, die Menge war angewachsen, längst nicht mehr nur die Lehrer und Schüler aus der Schule, Kinder, die sie aus dem Ferienlager kannte, Freunde der Eltern, aber auch viele, die sie nicht kannte. Noch nie gesehen hatte. Sie bildeten ein Spalier, das zu einer Autokolonne führte. Über den Weg waren Girlanden und Spruchbänder gehängt wie an Feiertagen. Drushba – FREUNDSCHAFT war auf einem zu lesen. Die beiden Worte umrahmte ein rotes Herz, an der Spitze von einem Pfeil durchschossen. Je näher sie den Wagen kamen, desto mehr Uniformierte waren unter den Anwesenden. Sowjetische Soldaten, erkannte Juliane. Schließlich standen sie zu Reih und Glied formiert wie bei einer Parade. Als das Paar an ihnen vorbeischritt, stießen sie ein dreifaches ›Hurra!‹ aus. Hinter den Soldaten standen Julianes Eltern mit Klemme und Melli, neben ihnen ein sowjetischer Offizier in Ausgehuniform. Die linke Seite seiner

Jacke war mit Orden übersät. Eine dunkelhaarige mollige Frau hatte sich bei ihm eingehakt. Romans Eltern! Juliane beobachtete, wie ihr Vater mit dem Offizier sprach, sie sahen zu dem Brautpaar und lachten dann lauter, als es für diese Feierlichkeit angebracht war. Jemand riß eine Wagentür auf, Juliane stieg ein. Die fähnchenschwenkende Menge blieb zurück ...

Die Tür zu Julianes Zimmer ging auf. Der Vater! Sie ließ das Abzeichen in ihrer Hand verschwinden.

Sie sah seinem Gesicht an, daß er entschlossen war, die Sache auszudiskutieren. So nannte er es, wenn etwas zu besprechen war.

Er kam selten in Julianes Zimmer. Es war ein ungewohnter Anblick, wie er auf der Kante der Couch saß. Es war ihm anzumerken, wie unwohl er sich fühlte. So etwas wie Mitleid kam in Juliane auf, aber als der Vater zu sprechen anfing, schlug es in Wut um.

Er sagte, daß sie doch immer ein vernünftiges Mädchen gewesen sei und ob sie nicht verstehe, daß sich die Eltern um sie sorgten. So eine Freundschaft sei eben nicht einfach. Sie würde in ihrem Leben noch viele Jungen kennenlernen, der erste müsse nicht schon die große Liebe sein.

Juliane wippte mit dem Fuß und schwieg.

Ob sie nicht mit ihm reden wolle, frage der Vater verärgert. Das Mädchen schüttelte den Kopf und sah ihn nicht an. Sie fuhr hoch, als die Tür ins Schloß knallte. Sie stürzte zum Regal und riß Bücher heraus. Sie fand in ihrer Erregung nicht alle. Trotzdem war der Stapel größer, als daß sie alle auf einmal fassen konnte.

Auf dem Flur klatschten ihr einige Bücher auf die Erde. Ljonka, Timur und sein Trupp, Die Waldzeitung, Ich war ein schlechter Schüler, Soja und Schura ... Der Vater machte die Wohnzimmertür auf. Sie ging an ihm vorbei bis zum Tisch am Fenster. Sie öffnete die Arme und ließ den Stapel herunterfallen.

»Hier«, sagte sie, »es gibt so viele andere nette Bücher.« Sie drehte sich um und ging, ohne die Eltern anzusehen, aus der offenen Tür.

Am nächsten Morgen steckte neben den Zeitungen ein Zettel, hastig aus einem Rechenheft herausgerissen. Roman schrieb mit Fehlern und fahrigen Buchstaben, daß sie sich unbedingt schon heute abend sehen müßten. Um 21.00 Uhr. Sie wisse ja, wo.

Als die Mutter nach Hause kam, zeigte Juliane ihr den Zettel. »Laßt mich gehen«, bat sie. Es hörte sich aber mehr wie eine Drohung an, jedenfalls nicht wie eine Bitte. Die Mutter wand sich. Sie könne das nicht allein entscheiden. Warum denn auch so spät? Im übrigen habe sie sich gestern abend sehr kindisch benommen, man könne mit ihr eben doch nicht umgehen wie mit einer Erwachsenen. Das Mädchen drehte sich weg.

Der Vater kam nach Hause. Juliane hörte, wie die

Eltern sich stritten. Sie wurden sehr laut. Juliane fühlte ihr Herz, wie es gegen den Brustkorb schlug.

Der Vater rief sie und sagte mit ebenso barscher wie unsicherer Stimme, sie solle versuchen, den Jungen früher zu treffen, oder ihm anders Bescheid zu geben. Um diese Zeit werde er sie auf keinen Fall aus dem Haus lassen.

Schon während er sprach, wußte Juliane, daß sie nichts anderes erwartet hatte. Genauso sicher war sie sich, daß sie Roman treffen würde. Sie mußte. Es mußte sein. Alles andere war unwichtig geworden. Die Eltern bedauerte sie. Sie begriffen nicht, worum es ging.

Sie hoffte nicht, Roman vor der vereinbarten Zeit zu erreichen. Trotzdem fuhr sie zum Park, rannte über die Brücke und um das Rondell, in dessen Mitte das Denkmal stand. Roman war nicht zu sehen. Sie hastete nach Hause zurück. Sie saß am Fenster, sah nach gegenüber, bis ihr die Augen schmerzten. Alles war wie immer. Nur die Wohnung, in der sich gestern die Soldaten mit den Möbeln zu schaffen gemacht hatten, war inzwischen ganz ausgeräumt. In der Küche, auf den eingebauten Schränken, türmten sich noch in Zeitungspapier eingewickelte Sachen.

Zwischen den Blocks kreischten auf dem Spielplatz die Kleinen. Sascha war nicht dabei. Aber Juliane war sich nicht sicher, ob sie ihn erkennen würde. Wenn sie die Augen schloß, sah sie Romans Gesicht. Die Augen, die Stirn, den Haaransatz.

Das Mädchen holte das Abzeichen aus ihrer Jackentasche und preßte es in der Hand.

Melli kam und sollte sie zum Abendessen holen. Juliane schüttelte den Kopf. »Nein, sag Mutti, sie sollen mich gehen lassen.« Melli versprach erschrocken und voller Mitleid, es auszurichten. Sie kam nicht noch einmal zurück. Auch die Mutter nicht.

Juliane hörte, wie Klemme ins Bett gebracht wurde. Alle Stimmen und Geräusche hörten sich sehr vertraut und sehr fremd an. Als wäre man in einem Haus zu Gast, aus dem man vor langer Zeit abgereist war. Allmählich wurde es ruhig. Das Mädchen hörte, wie in den Nachbarwohnungen die Fernseher eingeschaltet wurden. Kurz nach acht ging der Vater nach unten und schloß die Haustür ab. Den Schlüssel in der Wohnungstür drehte er zweimal im Schloß.

Das Mädchen riß das Fenster auf und sah nach unten. Nein, sie würde es nicht wagen. Sie schimpfte sich feige und rechtfertigte sich im gleichen Augenblick, daß es niemandem nütze, wenn sie mit gebrochenen Knochen unten läge. Nur den Eltern würde es vielleicht leid tun, wie sie ihre Tochter behandelt hatten. Roman sah sie so nicht wieder. Sie war schon an der Tür, um die Eltern noch einmal zu bitten. Sie konnte es nicht. Es war zuviel von ihr verlangt. Sie hatte ein Recht, Roman zu sehen. Die anderen waren im Unrecht, wenn sie es ihnen streitig machten. Sie schlich zur Wohnungstür, vielleicht war sie doch offen. Sie drückte die Klinke nach unten, die Tür gab nicht nach. Fast hätte sie gelacht. Wenn der Vater die Tür zuschloß, würde sie sie eben wieder aufschließen. Für die Haustür, für die sie keinen Schlüssel hatte, würde sich schon jemand finden. Um diese Zeit kamen und gingen noch viele. Sie mußte eben nur ein Weilchen warten.

Sie tastete im dunklen Wohnungsflur nach dem Schlüsselbrett. Es war fast leer. Nur die Kellerschlüssel stießen mit leisem Laut aneinander. Ihre Schlüssel und auch die von Melli waren verschwunden. So eine Gemeinheit. So eine Gemeinheit. Sie stieß diese Worte bei jeder Wiederholung heftiger aus. Tränen kamen ihr nicht. Juliane ließ es nicht zu. Man heulte nicht, wenn man sich sein Recht verschaffen wollte.

Die Zeit lief. Sie raste. Jedesmal, wenn das Mädchen auf die Uhr sah, waren wieder Minuten vergangen. Es war schon kurz vor neun. Sie mußte jetzt los. Sie sah noch einmal auf das Fenster und auf das Beet darunter. Nein.

Sie zog sich die Jacke über. Noch während sie sie überstreifte, kam ihr der rettende Gedanke. Die Mutter trug ihre Schlüssel immer in der rechten Manteltasche.

Juliane stellte ihr Radio an. Stellte es laut. Die Nachrichten begannen gerade. Es war allerhöchste Zeit. Vielleicht würde Roman eine Weile warten. Sie hatte neulich auch auf ihn gewartet.

Sie ging aus dem Zimmer ins Bad und ließ das Wasser laufen. An der Flurgarderobe hing der Mantel. Sie fand den Schlüssel sofort. Beruhigend kühl lag das Metall in ihrer Hand. Sie gab sich kaum Mühe, leise zu sein. Die Wohnungstür ließ sie auf, die Haustür auch. Sie hörte, daß sich eine Straßenbahn näherte, und hastete hin. Als sie fast da war, klingelte der Fahrer ab.

Die nächste Bahn fuhr frühestens in zehn Minuten. Zu Fuß war sie gewiß nicht schneller. Aber unmöglich konnte sie zehn Minuten untätig an der Haltestelle sein. Sie rannte los. Sie nahm keine Rücksicht auf Passanten oder darauf, ob die Fahrbahnen frei waren. Sie kürzte den Weg ab, soviel es nur ging. Die Leute schimpften hinter ihr her.

Als sie endlich die Bäume des Parks vor sich sah, war es fast halb zehn. Schon von weitem sah sie, auf der Brücke, auf der Bank, unter der Statue war niemand. Sie keuchte die letzten Meter bis zum Denkmal. Sie versuchte, die Umgebung zu erkennen. Es war schon dunkel.

»Roman!« schrie sie. »Roman.«

Es erleichterte sie, den Namen herauszubrüllen. Aller Schmerz, den man ihr zugefügt hatte, war in diesem Schreien. Nichts regte sich. Von sehr weit kam der gedämpfte Lärm einer Umgehungsstraße. »Roman!« brüllte sie noch einmal. Keine Antwort. Nur aus Richtung der Stadt, wo der Bahnhof lag, der heisere Pfiff einer Lokomotive.

Eine Lawine stürzte auf sie ein. Eine sich in wahnsinniger Geschwindigkeit vergrößernde Lawine von Bildern:

Die Reisegruppe im Sommer mit ihren Koffern und Bündeln. Die Männer, die sich beim Umarmen mit der flachen Hand auf den Rücken schlugen. Der Zettel, hastig aus dem Rechenheft gerissen. Die Soldaten mit den Mützen auf dem Kopf, als treibe sie etwas zu solcher Eile, daß sie nicht einmal die Kopfbedeckung abnehmen. Das kahle Viereck der Fenster vor der ausgeräumten Wohnung.

»Roman«, flüsterte sie entsetzt. Sie glitt auf den Boden, ihre Finger griffen in feuchte Erde, dann regte sie sich nicht mehr.

Sie wußte nicht, ob sie Stunden oder Minuten so gelegen hatte, als die Eltern kamen und sie aufhoben.

Sie nahmen sie in die Mitte und trugen sie fast.

»Ihr Kinder ... was seid ihr nur für Kinder ...« murmelte der Vater mit unsicherer Stimme.

Die Mutter strich ihr das Haar glatt, umfaßte sie und drückte ihr ein Foto in die Hand.

»Lag im Briefkasten«, sagte sie.

Das Foto zeigte eine Gruppe Menschen, die pyramidenförmig vor einem niedrigen Haus postiert waren.

»Прощай Щла!« stand in sauberer Schrift auf der Rückseite.

Juliane schlug den Mantel von ihrem Gesicht zurück. Sie mußte lange geschlafen haben. Es war hell. Über der flachen Landschaft vor dem Fenster schwebte tiefrot der Sonnenball.

Sie sah auf die Uhr. Kurz vor fünf. In einer Viertelstunde würde sie aussteigen.

Die beiden Soldaten saßen noch im Abteil. Der Offizier las. Der Soldat schlief vornübergeneigt, die Hände auf den Knien.

Juliane nahm ihre Sachen und zog sich an. Sie stieg über die ausgestreckten Beine des schlafenden Soldaten und schloß energisch die Abteiltür hinter sich.

Als der Zug hielt, sprang sie schnell auf den Bahnsteig. Das Türschloß schnappte ein. Sie holte tief Luft, und ihr Herz begann ruhiger zu schlagen.

Am Ende des Bahnsteigs stand Mari. Sie liefen aufeinander zu und umarmten sich.

1978/1985

Golondrina

Golondrina

Vor und hinter dem Gebäude schlossen sich in unregelmäßigen Abständen die Halbschranken vor drei verschiedenen Bahnstrecken. Auf der schmalspurigen rumpelten die Loren mit der frisch geförderten Braunkohle, auf der elektrifizierten rasten die Schnellzüge in Richtung Süden vorbei, auf der dritten fuhren die Triebwagen der Stadtbahn zur nahen Endhaltestelle.

In dem Haus befand sich seit kurzem eine Herberge. ZUM HOLLÄNDER verkündete ein mit unsicherer Hand gemaltes Schild. In früheren Jahren gehörte der Flachbau der Landwirtschaftlichen Genossenschaft, nach deren Auflösung hatte es ein Holländer mitsamt der angrenzenden Lager- und Maschinenhallen gekauft. Das weitläufige Dreieck zwischen den Gleisen war seit zwei Jahren das Eigentum des Fremden, den niemand im Ort je zu Gesicht bekommen hatte; bisweilen erschienen seine Unterhändler in silbrig glänzenden Wagen und regelten, was zu regeln war.

In der Kneipe waren am Nachmittag des außergewöhnlich heißen Julitages drei Tische besetzt. Ein älterer Mann zerschnitt auf dem Teller vor sich eine grau-gelbe Kohlroulade in akkurate Stücke. Am Nachbartisch saß ein Ehepaar, das in hastigen Schlucken abwechselnd aus zwei Gläsern trank: einem mit Bier, einem mit Mineralwasser. Der vierte Gast, ein schnauzbärtiger Jüngling in blauer Arbeitsmontur, trommelte neben seiner Kaffeetasse nervöse Rhythmen auf die Tischplatte. Hinter dem Tresen sortierte die dickliche Wirtin Bestecke in verschiedene Kästen. Niemand sprach.

Als hätten sie auf ein Signal gewartet, wandten alle den Kopf zur Tür, an der von außen mit schabendem Geräusch die Klinke niedergedrückt wurde. Ein junges Mädchen in zerknittertem, kurzem Sommerkleid schob einen riesigen Rucksack, eine Umhängetasche und zwei Plastetüten in den Raum.

Die Wirtin unterbrach das Sortieren der Bestecke, wischte sich die Hände an der Kittelschürze ab und fragte statt einer Begrüßung: »Babelsberg?«

Das Mädchen nickte. Von ihrer Stirn löste sich ein Schweißtropfen und fiel auf den Rucksack.

»Eine Nacht oder länger?« forschte die Wirtin.

»Länger«, antwortete das Mädchen gehorsam.

»Alle vom Film«, rief die Frau zum Jüngling herüber. Er sah auf – eher mürrisch als interessiert - und nahm sein nur für den Bruchteil einer Sekunde stockendes Fingertrommeln wieder auf.

Die Wirtin öffnete ein Wandschränkchen, griff einen Schlüssel, hob die beiden Plastetüten auf, nachdem sie sich mit einem Blick vergewissert hatte, daß niemand der Gäste in den nächsten Minuten einen Wunsch an sie richten würde.

»Komm mit«, forderte sie das Mädchen auf, das sich nur mit Mühe seinen Rucksack aufhievte.

»Dusche is nich«, sagte die Frau auf dem Flur, »wegen Bauarbeiten. Zu Weihnachten sind überall Naßzellen drin. Jetzt müssen wir eben so klarkommen. Waschraum ist gleich gegenüber.«

»Kann ich bei Ihnen telefonieren?« erkundigte sich das Mädchen. »Gute Frage«, die Wirtin schloß eine Zimmertür auf, an der trotz der frisch darüber gestrichenen Farbe die Aufschrift LOHNBUCHHALTUNG deutlich zu erkennen war.

»Rein geht – raus nich!« fügte die Frau hinzu, und als sie das verständnislose Gesicht des Mädchens sah: »Telefon ist seit eine Woche gesperrt – wegen Telekom. Anrufen kannste dich lassen – aber selber telefonieren geht nicht. Weißte, was das für mich heißt? Keine einzige Bestellung kann ich aufgeben! Nischt!«

»Und im Dorf?«

Die Wirtin seufzte: »Dorf? Dorf war einmal. Jetzt is Abriß. Die können froh sein, daß die noch elektrisch Licht haben. Inne Kreisstadt is Telefon. Vielleicht noch beim Bahnhof das Lokal, kann sein, daß die nich unterbrochen sind.«

»Da hab ich's schon versucht«, sagte das Mädchen. »Sonst hätte ich mir doch ein Taxi genommen.«

Die Frau öffnete einen Fensterflügel, aber kein Lufthauch erfrischte den überheißen, stickigen Raum. »Beim Rausgehen immer zumachen«, ermahnte sie das Mädchen. »Hier treibt sich jetzt viel Gesocks rum.« Sie versuchte, die Gardine vor das Fenster zu ziehen, der Versuch mißlang, die Gardine rutschte ein Stück aus der Halterung und hing schief vor dem Fensterkreuz.

»Denn biste den ganzen Weg zu Fuß«, fragte sie in fast bewunderndem Ton. »Mit dem ganzen Klimbim? In der Hitze heute? – Vom Bahnhof bin ich seit der Wende nich mehr zu Fuß, da hättste doch -«

»Wo ist der Stab?« unterbrach das Mädchen.

»Stab? Du meinst das Team – alle am Drehort«, gab die Frau zurück. »Was willste essen: Bratwurst, Spiegelei, Sülzkotelett?«

»Danke, gar nichts, ich hab schon ...« wehrte das Mädchen ab. Ihr war anzumerken, daß sie der derben Freundlichkeit der Wirtin entkommen wollte.

»Auch gut«, sagte sie, »ich hab genug zu tun mit all die Sonderwünsche vom Filmvolk! Name?«

»Forbach.« Das Mädchen griff nach der Handtasche.

»Ausweis brauch ich nicht«, die Wirtin schob mit der Schuhspitze eine tote Motte vom abgetretenen Läufer, der quer auf dem Boden lag. »Vorname!«

»Anja. Anja Forbach.«

Von draußen war das Geräusch eines anfahrenden Wagens zu hören.

Die Wirtin hob den Kopf und lauschte. »Keiner von uns«, murmelte sie und streckte plötzlich dem Mädchen die Hand hin: »Helga. Kannst Helga zu mir sagen.« Sie schob sich aus der Tür; den Schlüssel zog sie aus dem Schloß und nahm ihn mit.

Anja Forbach blieb in der Mitte des Zimmers stehen. Die Einrichtung war mit einem Blick zu erfassen. Rechts und links der Eingangstür stand je ein Bett, am Ende des einen ein schäbiger Kleiderschrank, dessen Türen mit zusammengedrehten Streifen Packpapier am ungewollten Öffnen gehindert wurden. Am Fußende des anderen Bettes ein rechteckiger Tisch mit Metallbeinen, auf der unbedeckten Tischplatte ein angeschlagener Aschenbecher. Vor dem Fenster, der Tür gegenüber, ein Haufen hingeworfener Kleidungsstücke. Jeans, mehrere Pullover, Oberhemden, ein Paar Sandalen.

Das Mädchen zog das Packpapier aus der Ritze zwischen den Schranktüren. Sie öffneten sich knarrend. Der Schrank war leer, nur in einer Ecke lag auf dem Boden eine abgewetzte Schuhbürste. Mechanisch räumte das Mädchen ihre Sachen ein. Sie belegte akkurat die Hälfte der Fächer. Den leeren Rucksack schob sie unter das Bett, das unbenutzt war. Zuletzt schubste sie den quer liegenden Läufer zurecht, daß er eine gerade Linie zwischen Tür und Fenster bildete. Sie versuchte den schiefen Vorhang zur Seite zu bewegen – er rutschte ein weiteres Stück aus der Halterung.

»Ist doch halb so wild«, murmelte sie, stieß einen leisen höhnischen Laut aus und setzte sich auf die Kante ihres Bettes.

»Ist doch halb so wild!« wiederholte sie und lauschte dem Satz nach. Er gehörte zu einem anderen Ort. Es war Marios Satz, gesprochen an einem verregneten Freitagabend im Wohnheim der Fachschule. Auch damals hatte das Mädchen auf der Bettkante gesessen, sie hatte sich ihre Turnschuhe angezogen, weil sie auf Mario wartete, der sie zum Kino abholen wollte.

Er kam sehr pünktlich, riß nach einem kurzen Klopfen die Tür auf und strahlte sie an. Sie lächelte zurück und stand auf, aber er zog sie nicht wie sonst an sich, um ihr einen Kuß auf die Stirn zu geben, sondern ließ sich auf den Rohrsessel fallen und sagte: »Ich hab ein tolles Angebot! Ein Wahnsinns-Angebot!«

Er hat schon einen Job in der Tasche, dachte sie, einen gut bezahlten Edel-Job, ein Traum-Angebot.

»Das rätst du nie!«

»Ich will nicht raten. Sag doch«, bat sie.

Übermütig kippelte er mit dem leichten Sessel. »Ich würde dich ja so gerne ein bißchen auf die Folter spannen, Püppchen! Rat doch wenigstens ein einziges Mal!«

Es verdroß sie, daß er sie Püppchen nannte, sein liebstes Kosewort, das sie nicht mochte, das sie sich mehr als einmal verbeten hatte.

»Mach doch nicht solch Gesicht!« Er zog sie am Arm zu sich und nahm sie zwischen seine geöffneten Oberschenkel. »Ich hab einen Trip in den Kaukasus! Hochgebirgs-Tour. Wahnsinn!«

»Und wann?«

»Nächsten Dienstag! Was meinst du, was ich rotieren muß, damit ich alles zusammenkriege bis dahin!« Er zog sie auf sein linkes Bein und legte den Kopf an ihre Brust, so daß er ihren Blick nicht erwidern mußte.

»Ja, ich weiß«, sagte er, »wir wollten nach Böhmen und nach Prag... Aber verstehst du, es ist wirklich ein einmaliges Angebot. Bei der Truppe ist einer kurzfristig ausgefallen, gestern. Und da hat ein Kumpel mir das Angebot gemacht. Ich mußte mich sofort entscheiden, sonst hätten sie jemand anders genommen. Diese Chance kriegst du nie wieder. Und fast umsonst. Der ausgefallen ist, hatte schon bezahlt.«

»Und du hast dich schon entschieden«, stellte sie fest.

»Püppchen! Das wirst du doch verstehen! Ein Hochgebirgs-Trip! Seit Jahren träum ich davon! Seit die Grenzen offen sind! Ach – schon viel länger! Nach Prag trampen können wir immer noch!«

Mit einer unwilligen Bewegung machte sie sich aus seiner Umarmung frei und stellte sich mit dem Rücken zum Fenster. Mario wich ihrem Blick aus.

»Du wolltest doch sowieso lieber zu deinen Eltern.«

Ja, dachte sie, mit dir, am Ende der Ferien. Nachdem wir einen Monat lang zusammen Urlaub gemacht haben. Wenn wir wissen, woran wir miteinander sind, wenn wir wissen, ob wir wirklich zusammengehören. Nicht nur zur Studenten-Disco und beim Kino und manchmal eine Nacht in deiner verlodderten und verrotteten Bude. Ich dachte, nach dem Sommer kann ich zu meiner Mutter sagen: Das ist Mario. Wir sind zusammen. Was heißen sollte: Wir bleiben zusammen. Am Ende des Sommers wollte ich wissen, was mit uns ist. Aber nun weiß ich's jetzt schon.

»Gute Reise.« Der Wunsch sollte sich gelassen anhören, von keiner Kränkung betrübt; er kam ihr zitternd und kläglich aus der Kehle.

»Aber Püppchen!« rief er. »Alles halb so wild! Wir haben noch jede Menge Zeit. Nächstes Jahr tramp ich mit dir um die ganze Welt, wohin du willst.«

Als er aufsprang, fiel der Stuhl hinter ihm um. Anja versuchte, seiner Umarmung auszuweichen. Er holte sie ein und wiegte sie im Stehen hin und her.

»Laß mich!« Sie stieß ihn weg.

»Aber Püppchen! Du heulst doch nicht etwa?«

Energisch strich sie sich die Tränen weg, die ihr gegen ihren Willen über die Wangen liefen.

»Alles halb so wild!« zitierte sie seinen Satz.

Er holte den Stuhl vom Boden auf, setzte sich und

schwieg. Nicht heulen, bloß nicht heulen, redete sie sich zu.

»Gehen wir denn jetzt zusammen ins Kino?« Seine Frage klang eher drohend als bittend.

»Ich geh nicht ins Kino«, erwiderte sie, ohne ihn anzusehen. Sie betrachtete den Regenschauer, der vor dem Fenster niederging. Ein paar dicke Tropfen knallten gegen die Scheiben.

»Tschüß denn!« Sie hörte, wie er die Tür mit einem Rück hinter sich ins Schloß zog.

Das ist es nun gewesen, sammelte sich ein Satz in ihrem Kopf, das war die große Liebe zwischen Mario Helm und Anja Forbach. Und: Alles halb so wild.

Auf dem Gang der Herberge war ein kollerndes, rumpelndes Geräusch zu hören. Ein unbereifter Wagen wurde über die Fliesen gezogen oder ein leeres Faß über den Boden gerollt.

Das Mädchen kramte in ihrer Umhängetasche und nahm eine billige Weckuhr heraus. Gleich halb sechs.

Waschraum ist gegenüber! Ein bläulich gekacheltes Zimmer, vier Waschbecken an der Wand, an jeder Seite zwei. Anja ließ sich Wasser über die Unterarme laufen, klatschte sich das kalte Naß ins Gesicht.

Jetzt ist mir besser, beschloß sie.

Es irritierte sie, daß die Wirtin den Schlüssel an sich genommen hatte. Nachfragen mochte sie nicht, sie fürchtete, die Frau würde sie wieder zum Essen überreden wollen. Anja sah an sich herab. Der Stoff des Baumwollkleidchens hing knittrig von ihren Hüften.

Mit einer raschen Bewegung streifte sie es über den Kopf, stopfte es in eine leere Plastetüte, die sie im Schrank verstaute. In Jeans und T-Shirt fühlte sie sich für einen Gang durch das Dorf passender bekleidet. Vielleicht fand sie den Drehort. Zur Arbeit wurde sie erst morgen erwartet.

Von der Treppe, die zur Herberge führte, sah man rechts und links je eine Schranke, die dritte, die vor der Strecke für den Tagebau stand, war geschlossen. Hinter der Schranke lag ein weites, unbestelltes Feld, das bis zum Horizont reichte. Ein seltsamer Horizont, der vor seinem Ende abbrach. Die Linie davor war von der Silhouette eines Schreitbaggers besetzt.

Zum erstenmal nahm das Mädchen bewußt das Geräusch wahr, das als Dauerton in der Luft lag. Ein unablässiges Kreischen, Donnern, Jaulen, Quietschen. Metall gegen Metall. Stählerne Zähne bissen und fraßen sich in den Boden, in die Erde, die mit ihrer gewaltsamen Loslösung auch ihren Namen verlor und zu Abraum wurde. Lästig und unerwünscht.

Mit vorsichtigen Schritten stieg das Mädchen die steile Treppe nach unten. Die Betonstufen, der prallen Sonne ausgesetzt, strahlten Hitze ab, die sie durch die dünnen Schuhsohlen hindurch in ihren Füßen spürte.

Hinter dem Gebäude der Herberge gab es drei riesige Hallen, die der Genossenschaft früher als Lagerräume und Werkstätten gedient hatten. Vor einem Flachbau stand ein Schild an die Wand gelehnt, auf dem mit überdimensionalen, aufgeklebten Buchstaben RESTPOST stand. Der Urheber der Schrift mußte sich verkalkuliert haben, die beiden fehlenden Zeichen, ein E und ein N, waren handschriftlich schräg an den Rand geklemmt.

Die RESTPOSTEN erwiesen sich in ihrer Überzahl als Rückstände aus DDR-Produktion: Schuhe aus Kunstleder, Schlafsäcke, Armee-Handtücher im Zehnerpack. Olivgrüne Tarnfarbe, als bedürften auch sie des Sichtschutzes. Daneben Kosmetik in verstaubten Tuben, Fläschchen und Dosen. Plumpes Geschirr ohne jeden Charme, auf bloßen Zweck gerichtet.

Anja Forbach strich in der weitläufigen Halle an Schrauben, Bleistiften, Sicherheitsnadeln, überalterten Konserven, Fahrradreifen, Gießkannen, Schulheften für die Mittelstufe vorbei.

Die Relikte des untergegangenen Landes vermischten sich mit dem Schrott westlicher Produktion, mit Slips, verstaubten Geschenkbändern, eloxiertem Schmuck und erbärmlichen Bekleidungsstücken.

In einer Ecke, einfach auf den Fußboden geworfen, lagen zerdrückte Hüte jeder Art, für Damen und Herren. Kindermützchen. Filz, Stroh, Stoff – alles durcheinander.

Das Mädchen probierte dunkelblaue Kalabreser, einen

Florentiner, eine Kappe mit Halbschleier. Der Handspiegel an einer Regalleiste gab ihr Ebenbild mit dem wechselnden Kopfschmuck wider.

Plötzlich empfand sie Unbehagen an dem Spiel – die Halle erschien ihr nicht mehr als vergnüglicher Trödelmarkt, eher als eine Form der Leichenfledderei.

Als sie sich dem Ausgang zuwandte, kramten ein paar Kunden, die gerade eingetreten waren, belustigt in einem Ständer mit roten Fahnen aus synthetischem Material. Sie ulkten über die Bezeichnung der Stoffbahnen: SCHMUCKELEMENTE ZUR FASSADENGESTALTUNG.

Draußen blendete die Sonne. Anja Forbach überschritt die Gleise in Richtung Rötelshain, dem Dorf, das in vier Wochen der Abrißbirne und den Abraumbaggern weichen sollte, dem Ort, den sich der junge Regisseur als Kulisse für seinen Absolventenfilm ausgesucht hatte.

Auf das Dorf führte in leichtem Bogen eine Straße zu, gesäumt von Kirschbäumen. Die Früchte schon überreif, süßlich duftend und leicht faulig. Ein Schwarm Stare fiel rauschend in sie ein. Angepickte Früchte klebten auf dem Asphalt.

Hinter dem Ortseingangsschild war mit Draht ein quadratmetergroßes Transparent an einem Zaun befestigt. Eine ungelenke Hand, sie glich der auf dem Namensbrett der Herberge, hatte darauf gemalt: HEIMAT WELCH EIN SÜSSES WORT – WOHL DEM, DER SIE NOCH HAT – UND MUSS NICHT FÜR IMMER FORT.

Die Fenster der meisten Häuser im Ort waren zugemauert. An einigen Wänden das stets gleiche, Erbarmen heischende Schild: HAUS IST NOCH BEWOHNT. Anja Forbach schien dieser verzweiflungsvolle Satz mehr auf das baldige Ende zu weisen als die schon verlassenen Gehöfte, hinter denen die Gärten verwilderten. Das sich überwuchernde Grün bot keinen romantischen Anblick. Hier fand Kampf statt: um Licht, um Wasser und Nährboden. Die stärksten Pflanzen besetzten das Terrain: Brennesseln, Holunder, Stachelbeeren, Rosen und Margeriten behaupteten sich. Brombeersträucher warfen ungehindert in hohen Bögen ihre stacheligen Ranken aus.

Hohe Disteln, von Bräunlingen umflattert, überragten das Grün.

Zögernd wie ein unerwünschter Gast, trat Anja Forbach durch einen steinernen Bogen. Die Türen, die ihn verschlossen hatten, lagen herausgebrochen auf der von Quecke überwachsenen Einfahrt. Der Innenraum des Gehöftes erwies sich als erstaunlich geräumig. Eine gemauerte Senke, die den Misthaufen aufgenommen hatte, ein Stellplatz für Wagen und Ackergerät, eine Ecke zum Wäschetrocknen, eine Terrasse mit zerborstenem Holztisch, Stuhlbeinresten.

Gleich daneben ein Sandkasten, frisch aufgefüllt. Am Rande des Sandkastens lag eine nackte Puppe. Als das Mädchen sie aufhob, floß trübes Regenwasser aus den in der Nähe des Schrittes angedeuteten Genitalien.

Nicht männlich, nicht weiblich, nicht Fisch noch Fleisch. Die Puppe klappte ihre Lider auf – borstige, abgeschundene Wimpern um die grüne Iris. Anja legte die Puppe neben einen grauen Tennisball und ein grellgelbes, undefinierbares Spielzeugteil aus Plaste an ihren Platz zurück.

Püppchen, dachte sie. Die ins Vergessen gedrängte Erinnerung an den Bruch mit Mario tauchte wieder auf und verdroß sie.

Als sie durch den Torbogen auf die Straße trat, bellten sich in gegenüberliegenden Höfen zwei Hunde das Erscheinen des Mädchens zu. Nur mäßiges Pflichtbewußtsein war ihrem Kläffen zu entnehmen, auch den Tieren schien in der anhaltenden Hitze jede Anstrengung zuviel. Beide Köter lagen, ohne angekettet zu sein, neben den Wagen ihrer Besitzer, ihren eigentlichen Bewachungsobjekten.

Vor einem zweistöckigen, massiven Backsteinbau, etwa in der Mitte des Dorfes, das sich ohne Zentrum um die Straße zog, fiel eine ungeordnete Ansammlung von Fahrzeugen auf. Kleintransporter, ein alter Trecker, ein Motorrad, Personenwagen. Die verwitterte Inschrift über dem Eingang warb für den Gasthof ZUR LINDE.

Das Gelände hinter dem Gebäude wurde durch Stallungen, Nebengelaß und einen alten Obstgarten begrenzt. Eine Reihe Scheinwerfer war entlang der Hühner- und Kaninchenställe postiert.

Den Hof bevölkerte eine Schar junger Leute. Alle verschwitzt und verstaubt, alle mit wichtiger, schwer zu erkennender Arbeit beschäftigt, die nur wenige unterbrachen, wenn sie die Anwesenheit Anja Forbachs bemerkten.

»Wo ist hier der Regisseur?« fragte sie zwei Jungen, die sich mühten, einen Eimer am Ausleger des mittelalterlichen Ziehbrunnens zu befestigen.

»Drinnen«, sagte der eine und wies mit dem Kopf auf einen Anbau, in dem der Tanzsaal des Gasthofes zu vermuten war. »Wenn du Glück hast, machen sie gleich 'ne Pause.«

»Karsten! Kundschaft für dich!« rief der andere Junge in Richtung des Anbaus.

Nichts tat sich, alle wandten sich wieder ihren Beschäftigungen zu. Drei junge Männer versuchten fluchend, den Motor eines uralten Motorrads in Gang zu bringen. Ein Mädchen saß auf einer ausgeblichenen Matratze, sie nähte den Saum eines gestreiften Baumwollhemdes um.

Anja fühlte sich überflüssig. Sie besah sich zwei leere Milchteller, die jemand vor einen Stalleingang plaziert hatte. Weit und breit war keine Katze zu sehen.

»Kinder, warum habt ihr denn die Getränke nicht in den Schatten gestellt – ach nee!« Ein Vollbärtiger mit schon gelichteten Haarwinkeln war aus dem Anbau gekommen, er blinzelte ins Tageslicht. Seine dunkle Brille hatte er über den Haaransatz zurückgeschoben.

»Du hast Besuch!« rief ein Junge vom Ziehbrunnen her.

»Ich bin Anja Forbach«, stellte sich das Mädchen dem Regisseur vor. Ihre Ankunft hatte sie telefonisch ausrichten lassen.

»Mein Gott – wer schickt dich denn!« rief der Bärtige aus und sah ungnädig auf Anja Forbach herab. Sie schämte sich ihrer Kleinheit, anderthalb Meter von Kopf bis Fuß, und ärgerte sich, daß sie sich schämte.

»Wir können hier keine Kinder gebrauchen!« fügte er hinzu. »Du bist doch noch keine sechzehn!«

»Zwanzig«, setzte das Mädchen mit Trotz dagegen. Und für sich: Im übrigen bin ich auch kein Püppchen!

Der Mann betrachtete sie mit verblüfftem Interesse. Gleichzeitig schien Anja, er sähe durch sie hindurch und hinter ihrer Gestalt andere Figuren und Bilder, denen seine eigentliche Aufmerksamkeit galt.

»Wer hat dich geschickt?« wiederholte er.

»Keiner. Eine Freundin hat mir gesagt, daß Sie noch Leute suchen.«

»Sicher«, erwiderte er. »Hat sie dir auch gesagt, daß es hier keine müde Mark gibt?! Alles für den Spaß an der Freude. Und für Essen und Trinken umsonst.«

»Weiß ich.«

»Und was hast du dir so gedacht, wofür wir dich gebrauchen könnten?«

»Maske«, sagte das Mädchen. »Ich werd Maskenbildnerin.«

»Na gut«, der Bärtige streckte ihr die Hand hin. »Die Sabine kann Hilfe gebrauchen. Peggy!« rief er dem Mädchen auf der Matratze zu. »Setz die Kleine für morgen mit auf den Plan.«

Er wandte sich wieder Anja zu: »Ich warne dich – das ist ein hartes Brot. Jeder muß hier alles können. Und Acht-Stundentag ist auch nich. Wir müssen das Ding im Kasten haben, bevor die Abrißbirne kommt.«

«Ich kann arbeiten«, setzte Anja entgegen.

Der Regisseur wandte sich um, offenbar war ihm etwas Wichtiges eingefallen. »Toni«, rief er, »ich glaub, jetzt packen wir's.« Der mit Toni Angeredete, ein blonder Junge mit Afro-Frisur, eilte im Laufschritt herbei.

Anja verließ den Hinterhof des Gasthauses, sie wäre gerne in den Saal gegangen, um bei den Dreharbeiten zuzusehen, aber nach der unwirschen Begrüßung fürchtete sie, als unliebsame Gafferin weggewiesen zu werden.

Auf der Dorfstraße war aus mehreren Häusern Fernsehton zu hören, bisweilen unterbrochen von einem originalen Aufschrei der Freude oder des Entsetzens. Fußball, erinnerte sich Anja. Die Fußballweltmeisterschaft läuft. Mario hatte die Übertragungen auch in Prag unbedingt sehen wollen, das hatte er sich für die gemeinsame Ferienfahrt ausbedungen. Im Kaukasus, auf Hochgebirgs-Trip, wird das wohl nichts werden, dachte sie mit leiser Schadenfreude.

Neben dem Haus, das als RAT DER GEMEINDE

gekennzeichnet war, lag eine magere tote Katze auf dem Bürgersteig; sie trug schon deutliche Spuren von Verwesung. Anja wich ihr mit einem erschrockenen Schritt aus. Es schüttelte sie – tote Häuser, tote Bäume, tote Katzen!

Im Lokal der Herberge, in das sie sich auf ein Glas Bier setzen wollte, schlug ihr dumpfe Trunkenheit entgegen. Sie traute sich an einen freien Tisch in der Nähe des Tresens. Ein junger Mann in einem T-Shirt, das aussah, als hätte es jemand aus einer Deutschland-Fahne geschnitten, stellte dem Mädchen unaufgefordert ein Halb-Liter-Glas schlecht gezapften Biers auf die Tischplatte. Er wurde von den Gästen »Bubi« gerufen.

Gleich darauf kam ein älterer Mann zu Anja an den Tisch, er hatte Mühe, die eingeschlagene Richtung zu halten, bevor er sich auf einen Stuhl fallen ließ.

»Darfst du denn schon Alkohol trinken«, erkundigte er sich. Mit dem Wort Alkohol hatte er hörbare Schwierigkeiten.

Bloß nichts sagen, dachte Anja, bloß kein Gespräch anfangen. Den werd ich nie wieder los.

»Ich will einem jungen Menschen mal was aus meinem Leben erzählen«, fing der Betrunkene an. »Da kannst du was von lernen, sag ich dir!« Er kicherte: »Über mir können sie auch Filme drehen, Serie, sag ich dir!«

Eine Weile stierte er vor sich hin, dann begann er lallend und zusammenhanglos zu erzählen, daß seine Schwester in Rostock lebe, daß er in Königsberg geboren sei, daß er in drei Wochen seine Schwester besuchen fahre und daß, wenn er wolle, er auch so reden könne wie die Fischköppe da oben.

»Aber die da«, der Ältere drehte sich um und wies auf einen Männertisch an der Rückwand der Kneipe, »die sind schlimmer dran als ich.«

An dem Tisch saßen acht Männer in mittlerem Alter. Sie stritten und redeten durcheinander. Vielleicht waren das die letzten ausharrenden Rötelhainer, von denen Anja im Zug in einer liegengelassenen Zeitung gelesen hatte. Diejenigen, die nicht weichen wollten, weil sie die Entschädigung, die gezahlt wurde, für zu niedrig hielten, oder die einfach Haus und Garten nicht verlassen wollten, in denen sie über Jahrzehnte gelebt hatten.

»Hannes«, rief die Wirtin, die durch die Küchentür in die Kneipe gekommen war. »Laß mal die Kleine in Ruhe. Da hast du nix zu suchen. Mach dich an deinen Platz!«

Gehorsam erhob sich Anjas Gegenüber und steuerte auf einen Tisch in Fensternähe zu.

Nach dem lauten Ruf der Wirtin trat einen Moment lang Stille ein. Vom nahen Horizont breitete sich das Kreischen, Donnern und Jaulen der Bagger bis ins Lokal der Herberge aus.

★★★★★

Der Raum, in dem die Schauspieler geschminkt wurden, befand sich dort, wo früher die Gemeindeschwester ihre Sprechstunden abgehalten hatte. Die Seite mit dem Waschbecken war gekachelt, der blinde, fleckige Spiegel darüber mit einer aufgeklebten Borte verziert. Ein Plakat verkündete, daß Arbeitsschutz alle angehe, ein anderes warb für Blutspenden.

Wer geschminkt wurde, saß an einem ausrangierten Schultisch. Sabine, die Maskenbildnerin, hatte ihre Puder, Cremes und Farben, falsche Locken und einen Perückenkopf auf dem Fensterbrett angeordnet.

»Übermorgen mußt du den Alten alleine schminken«, sagte Sabine, nachdem der Hauptdarsteller die provisorische Maskenabteilung verlassen hatte. »Ich hab in Leipzig noch was zu erledigen, muß sein.«

»Aber«, wandte Anja ein, »ich hab doch gar keine Vorlage.«

Die Vorstellung, mit dem fast sechzigjährigen Schauspieler allein umgehen zu müssen, war ihr unangenehm. »Außerdem hab ich noch nie alleine Maske gemacht.«

»Haste Bammel«, sagte Sabine und lachte. »Das gibt sich.« Sie fingerte aus der Schublade des Schminktisches ein Foto, auf dem der Darsteller zu sehen war.

»Der kriegt immer dieselbe Maske. Ist nicht viel dran. Bißchen Ton unterlegen, hier, von dem gräulichen, leichter Schatten für die Augen, nicht zu dunkel, die Brauen nachziehen, so wie eben, die Haare zu 'ner Bürste – das ist es schon. Ach so, die Hände nicht vergessen, und wenn der die Ärmel aufgekrempelt hat, kriegen die Unterarme auch Farbe. Genau wie Gesicht und Hals.

Übermorgen ist er alleine dran, da ist sowieso nicht viel zu tun.«

Vor dem Fenster hielt ein Auto. Sabine spähte nach draußen.

»Ach, der Totengräber«, sagte sie und hob grüßend die Hand.

Wozu braucht man hier einen Totengräber, dachte Anja. Vielleicht eine Rolle im Film.

»Und wer spielt den«, erkundigte sie sich.

Gähnend strich sich die Maskenbildnerin um die Augenpartie: »Den spielt überhaupt keiner. Hier sind Archäologen von der Uni. Die buddeln den Friedhof um. Soll 'ne uralte Siedlungsanlage gewesen sein. Die Toten sind schon weggeschafft. Auch was Irrsinniges, nich?«

Sie nahm zwei Kämme und eine winzige Bürste zum Behandeln der Wimpern aus einem Körbchen: »Saubermachen«, sagte sie zu Anja. »Das muß immer picobello sein. Die Schauspieler denken sonst, sie holen sich was weg. Pilz oder so.«

Unter dem fließenden Wasser bürstete das Mädchen die Sachen, sie gab sich Mühe, daß kein Rückstand von Haarlack oder Puder zwischen den Zinken und Borsten zurückblieb. Die Arbeit, die ihr zugewiesen war, enttäuschte sie, sie hatte sich vorgestellt, immer in der Nähe der Dreharbeiten zu sein. Zwar lag der Gasthof, in dem auch heute aufgenommen wurde, nur fünfzig Meter entfernt, trotzdem fühlte sie sich in dem unwirtlichen Zimmer eingesperrt und vom Eigentlichen ausgeschlossen.

Als hätte sie die Gedanken erraten, sagte Sabine: »Wenn Dreh ist, müssen wir natürlich immer am Ort sein. Wenigstens eine von uns. Ein Glück, daß du gekommen bist. Alleine geht man hier vor die Hunde. Gestern haben sie dreizehn Stunden gemacht. Ich seh schon aus wie meine eigene Großmutter!« Sie strich sich wieder mit beiden Zeigefingern um die Augenpartie, um Müdigkeit oder Fältchen zu verreiben.

»Wovon handelt der Film eigentlich?« Anja wischte die Kämme mit einem Geschirrtuch trocken.

»Gelesen habe ich das Drehbuch nicht«, sagte die Maskenbildnerin, »auf jeden Fall 'ne Liebesgeschichte. Mit Zeitsprüngen und so.«

»Und was ist der Alte da drin?«

Die Frage belustigte die Angesprochene: »Der Alte ist sozusagen der Liebhaber. Wie ich das verstanden habe, ist ihm die Frau weggelaufen, als noch DDR war, wohl in den Westen. Und jetzt kommt sie mit'm dicken Mercedes vorgefahren. Irgendwie spinnt sich dann wieder was an, zwischen den beiden. Und daß er nicht von seinem Hof runter will, so wie die letzten Dickköppe hier im Dorf, darum geht es auch.«

Aus einer Zimmerecke war leises Rascheln zu hören.

»Mäuse«, sagte die Maskenbildnerin. »Speck und Wurst holen sie sich, das Gift lassen sie liegen. Haben wir alles schon versucht... die sind nicht zu vertreiben. Wo die wohl bleiben, wenn der Bagger kommt.«

»Ist das ein bekannter Schauspieler?«

Sabine zupfte an einer Perücke: »Der Alte? Farin? Wie man's nimmt. Der kommt vom Theater. Da ist er'n bekannter Typ. Und sonst? Bei der DEFA hat er ziemlich viel gemacht. Mittlere Rollen. Krimis... Vor dem brauchst du keinen Bammel haben. Is'n pflegeleichter Zeitgenosse.«

»Bist du richtig beim Film angestellt?«

»Ach! Ich bin gerade fertig geworden! Fest Angestellte, wie zu DDR-Zeiten, gibt's jetzt nicht mehr. Für jeden Film wird die Crew zusammengesucht. Nach dem Ding hier mach ich erst mal Ferien, vielleicht kann mir Karsten wieder was besorgen... Aber eigentlich will ich lieber ans Theater.«

»Ich auch«, sagte Anja.

»Maske, verdammt noch mal!« schrie eine männliche Stimme über die Dorfstraße.

»Herrgott! Kann doch keiner ahnen, daß die heute im Zeitplan bleiben. Gab's ja noch nie!« Sabine riß das Fenster auf und brüllte zurück: »Schon unterwegs!«

Sie griff das Köfferchen mit den Schminkutensilien, bat Anja, Handtuch und Seife hinterherzubringen und das Zimmer abzuschließen.

Im Laufschritt rannte sie zum gegenüberliegenden Gasthof.

Als Anja aus dem Haus trat, um hinterherzugehen, stand ein Auto mit Münchener Kennzeichen vor dem benachbarten Hof. Eine sehr alte Frau und ein Ehepaar in mittleren Jahren wiesen auf Dächer, Stallungen und Fenster. Den Hof konnte man nicht betreten, die Einfahrt war mit einem Schloß und dicker Eisenstange verbarrikadiert. Die alte Frau sah mit bekümmertem Gesicht auf das Anwesen. Sie sprach nicht, sie nickte nur, wenn die beiden anderen sie anredeten. Vielleicht hat sie hier gewohnt, dachte Anja. Vielleicht will sie noch einmal sehen, wo sie gelebt hat. Vielleicht ist sie schon hier geboren. Die Frau tat ihr leid. Ich würde mir das nicht angukken, dachte sie, das muß einen doch kaputtmachen.

Am Drehort saß der Schauspieler Farin auf einem Stuhl vor dem Anbau. Sabine tupfte ihm das Gesicht mit einer Puderquaste ab.

»Komm her!« rief sie Anja zu. »Wenn du übermorgen allein bist, mußt du immer in der Nähe bleiben. Bei der Affenhitze verläuft die Schminke schnell. Und immer auf Anschluß achten!«

Als sie Anjas verständnisloses Gesicht sah: »Anschluß heißt, jeder muß original wieder so aussehen wie im Take vorher. Es darf niemals zu sehen sein, daß zwischendurch nachgeschminkt wurde. Verstanden?«

Anja nickte. Sie betrachtete aufmerksam, wie Sabine

die verwischte Maske herrichtete. Zum Schluß tupfte sie mit einem Schwamm dunkelgräuliche Farbe auf die Unterarme des Schauspielers und verrieb sie. Es sah aus, als hätte der Mann auf staubigem Feld gearbeitet.

»Kannst dich noch 'ne Stunde verdrücken«, sagte die Maskenbildnerin zu Anja, »gegen halb vier müssen wir Kaffee kochen und 'n Happen zu essen machen. Denn biste wieder da, ja?«

Bevor Anja das Drehgelände verließ, fragte sie den Jungen, der Toni genannt wurde, ob sie in den Saal gucken könnte. »Klar«, sagte er. »Is ja Pause. Die müssen was nachleuchten. Sonst kannst auch zugucken. Bloß nicht vor die Kamera latschen.«

Toni war der hier erfundene Spitzname des Jungen. Er war bei diesem Film für alles verantwortlich, was mit Worten, Geräuschen und Musik zu tun hatte. Seinen richtigen Namen benutzte niemand, es kannte ihn wohl keiner.

»Ist das nicht was Irres! Der Saal sieht aus wie in den fünfziger Jahren, bloß der Spielautomat war neu. Und ein paar Plastestühle.« Toni zeigte auf den Tresen, hinter dem metallig glänzende Platten angebracht waren, um Lichteffekte zu erzeugen. Mehrere junge Männer hantierten mit Scheinwerfern und Spots: »Da wird morgen gedreht. Heute nur der Alte an dem Tisch da.«

Über dem runden Tisch waren Biergläser, Aschenbecher, eine Kaffeetasse, Schnapsfläschchen mit Kräuterlikör verteilt.

Karsten, der Regisseur, stand neben einem Beleuchter und redete leise auf ihn ein. Als er Anja sah, nickte er ihr zu. Freundlich und wie gestern mit einen Blick durch sie hindurch, zu den Bildern, die sich vor seinem inneren Auge ausbreiteten.

Draußen blendete die Sonne. Seit Wochen schien sie ununterbrochen, von keiner Wolke getrübt, von keinem Regen verdeckt. Nur die Nacht milderte die sengende Hitze, bevor sie am nächsten Tag wieder über dem Landstrich brütete.

Der Schauspieler hatte seinen Stuhl, auf dem er von Sabine nachgeschminkt worden war, in den Schatten, in die Nähe des verwilderten Obstgartens hinter dem Gasthof getragen. Rings um seinen Platz lagen auf der gepflasterten Zufahrt winzige grüne Birnen, die vor der Reife zu Boden gefallen waren. Der Mann war in seine Zeitung vertieft. Ein merkwürdiger Anblick: in derber, bäuerlicher Kleidung, die auf harte, körperliche Arbeit verwies, hielt er in den Händen, denen Sabines Schmink-Künste ein abgearbeitetes Aussehen verliehen hatten, den Feuilleton-Teil einer renommierten Wochenzeitung.

Offenbar hatte der Mann Anjas Annäherung bemerkt, er sah auf und lächelte sie an.

»Übermorgen muß ich Sie schminken«, sagte Anja, »Sabine ist nicht da.«

»Na und? Das wirst du schon packen. Außerdem weiß ich doch selber, wie ich auszusehen habe.«

Er war aufgestanden und reichte ihr seine Rechte: »Friedrich Farin. Freddy. Per du arbeitet es sich besser zusammen, nicht wahr?«

»Ich heiße Anja«, erwiderte sie, »Anja Forbach.«

Farin breitete seine Zeitung aus: »Ein Mist steht in diesem großdeutschen Feuilleton! Lauter leeres Gequatsche! Naja – hier ist es gut für die ewige Warterei.« Er wandte sich wieder seiner Lektüre zu.

Erleichtert verließ Anja das Drehgelände. Sie hoffte nun auch, daß sie es übermorgen allein schaffen werde. Die Möglichkeit, daß der Schauspieler selber auf sein richtiges Aussehen achten würde, war ihr nicht in den Sinn gekommen.

Es schien ihr merkwürdig, daß dieser Mensch einen Liebhaber spielen sollte. Einen alten Bauern, das ja, auch wenn er ohne Schminke eher wie ein Intellektueller aussah, jedenfalls nicht so wie die Schauspieler, die sie vom Sehen kannte. Irgendwie anders, einen Dichter könnte sie sich so vorstellen. Ob es richtige Liebe in diesem Alter noch gibt, überlegte sie. Richtige Liebe, mit Sehnsucht, sich zu sehen, sich aneinander zu schmiegen, sich mit dem Körper zu lieben, nebeneinander zu schlafen, sich nicht zu trennen, sich nicht aus den Augen zu lassen ... Er könnte gut mein Vater sein, fast mein Großvater. Der Vergleich mit ihrem Großvater belustigte sie – undenkbar, daß Karl Forbach sich in jemand verlieben würde. Zwischen den Großeltern hatte Anja noch nie Zärtlichkeiten oder auch nur Berührungen erlebt. Aber woran erkennt man, daß jemand verliebt ist, oder lieben kann... Ich vermisse Mario nicht mehr, bemerkte sie plötzlich verblüfft. Ich bin auch nicht mehr sauer auf ihn. Er kann mir gestohlen bleiben. Es war wirklich: Alles halb so wild! Zum Glück hab ich das noch rechtzeitig gemerkt, dachte sie erleichtert. Das war nicht die große Liebe der Anja Forbach, vielleicht wartet sie noch auf mich.

Jetzt guck ich mir den Friedhof an, beschloß sie, heut kann mich nichts mehr erschüttern! Ich habe soeben mein Verhältnis zu Mario Helm in das Reich der Vergangenheit verwiesen.

Auf der anderen Straßenseite trottete einer der Köter an ihr vorbei, den sie gestern neben einem der Autos hatte liegen sehen. Er würdigte sie einen müden Blickes und hechelte langsam weiter.

Das Tor zur Kirche und dem sie umgebenden Rötelhainer Friedhof war mit einer vorgelegten Kette verschlossen. BETRETEN WEGEN BAUARBEITEN VERBOTEN las sie auf einem seriell vorgefertigten Schild.

Daneben hing ein Anschlag vom April des Jahres, der ankündigte, daß mit der »Verlegung« des Friedhofes begonnen werde. Dringende Wünsche seien bis zum oben genannten Termin anzumelden, nach diesem Zeitpunkt sei nichts mehr möglich.

Gewiß, dachte das Mädchen, es leuchtet mir ein, daß die Leute, die die Braunkohle von hier vertreibt, auch ihre

Toten mitnehmen müssen. Aus dem gemeinsamen Friedhof waren sie herausgegraben worden, um an den unterschiedlichen neuen Lebensorten der ehemaligen Rötelshainer Bewohner wieder in die Erde gelegt zu werden. Ein Vorgang, den sie sich nicht vorstellen mochte. Aber noch irrwitziger der Gedanke, die Bagger könnten die Toten oder was von ihnen übrig war, mit Schaufeln und Greifzähnen aus dem Boden reißen. Fetzen von alten Film-Bildern, die die Leichenberge nach der Befreiung der faschistischen Konzentrationslager mit leidenschaftsloser Genauigkeit dokumentierten, schossen durch die Erinnerung des Mädchens.

Ich glaub nicht an einen Gott, dachte sie, aber dieser Brauch, daß nach dem Tod eines Menschen er zur Erde, zur Mutter Erde zurückkehrt, den find ich tröstlich. IN DIE ERDE BETTEN ist eine schöne Sitte, auch wenn kein Gott darüber wacht, sondern Natur und was wir biologische Vorgänge nennen, das Menschgewesene wieder zu unbeseelter Materie werden lassen. Aber hier gilt das nicht, kein Ritual, nicht die Achtung vor dem Tod.

Das Mädchen ging am ehemaligen Pfarrhaus vorbei, dahinter alte Stallungen, die Fächer zwischen den Holzbalken mit Lehm und Stroh vermauert, eine rostige Kette, die zu einem Wagengeschirr gehörte, war an einem Haken zurückgeblieben. Ein winziger bunter Vogel, ein Gartenrotschwanz, wippte auf einem Dachbalken und beäugte den Menschen, der durch sein Revier strich.

An die Stallungen schloß sich ein Feuerlöschteich an, trübes brackiges Wasser, an den Rändern von Sumpfpflanzen besetzt. Ein Sandweg führte an der Rückseite des Friedhofs vorbei. Hier gab es keinen Zaun, keine Absperrung. Anja stieg über Geröll und hochgewachsenes Unkraut, Brennesseln, Disteln, Giersch. Der benachbarte, verwilderte Garten und der Gottesacker gingen ohne Begrenzung ineinander über.

Die Bauarbeiten, vor denen das Schild am Eingang warnte, erwiesen sich als die Ausgrabungen des Archäologischen Institutes, von denen Sabine erzählt hatte. Kein »Totengräber« war zu sehen, das Gelände lag menschenleer. Es gab keinen einzigen Grabhügel mehr, alles war schon vor Monaten seinen grausigen letzten Weg gegangen. Anstelle der Gräber nur sandige Gruben, bisweilen mit Lehm vermischt. Über den exhumierten Gräbern wölbten sich die weißen, runden Halbzelte der Archäologen. In einem war eine sehr alte Grundmauer freigelegt, in ihren Umrissen deutlich zu erkennen; daneben die Spuren einer Feuerstätte. Einen Meter weiter, etwas höher als die Umrisse der einstigen Behausung, ragten zwei Knochen aus der Lehmwand.

Menschliche Knochen, das Ende zweier Oberschenkel, wo sich die Knie anschlossen. Beim genaueren Hinsehen steckten im Umfeld dieser beiden Knochen andere. Vollständig erhaltene und zersplitterte. Die Jahrhunderte hatten ein älteres Gräberfeld als den Rötelshainer Friedhof in die Tiefen der Erde sinken lassen.

Die Fenster der Kirche hatte man bis in Scheitelhöhe zugemauert, um unliebsamem Besuch den Eintritt zu verwehren. In einem der gotischen Bögen eine Mülltonne, neben einem kleinen Anbau Gartengerät.

Rohe Holzbretter, über die Gruben gelegt, verbanden die Ausgrabungsstätten miteinander. Jemand hatte ein Beil ins Gras gehauen.

Auf dem Rückweg stolperte das Mädchen über einen festen Gegenstand, den das Unkraut überwachsen hatte. Der Gegenstand erwies sich als Grabstein. Neben ihm, der Straße zu, noch andere, fast zwanzig.

Die meisten unversehrt, achtlos an den Wegrand geworfen. Vielleicht hatte sich niemand um die Aufforderung am Friedhofseingang gekümmert, vielleicht hatten die Angehörigen kein Geld, um die teure Umbettung zu bezahlen. Von Marmor, Granit und Metall leuchteten die golden geprägten Buchstaben der Namenszüge in der prallen Julisonne. Frieda Weise, geborene Schumacher, geboren 1891 – gestorben 1967; Alwin Weise, geboren 1896 – gestorben 1969; Erich Weise, 1921 – 1941, vermißt. Ein Junge, den der Krieg verschlungen hatte, nicht älter als das Mädchen Anja, die vor dem weggeworfenen Grabstein stand, der an die Vergangenen erinnern sollte.

Auf der elektrifizierten Eisenbahnstrecke nach Leipzig ratterte ein Schnellzug vorbei. Anja sah auf die Uhr – die Stunde war fast um, langsam trödelte sie ins Dorf zurück, an einer Bushaltestelle vorbei, einem aus Wellblech zusammengefügten Gebilde.

Im Innern eine Holzbank, mit unzähligen Initialen und Sprüchen übersät. An einer Außenwand hing in grün gestrichenem, verschlossenem Glaskästchen ein rotes Schild. HALTESTELLE EINGESTELLT.

*****

Am Drehort war in der Nacht eingebrochen worden.

Aus der Herberge hatte sich Anja sehr rechtzeitig auf den Weg in die provisorische Maskenabteilung gemacht. Unterwegs gab es immer etwas zu entdecken, die verlassenen Gärten, die leeren Häuser umgab etwas Geheimnisvolles, ebenso finster wie verlockend. Die Johannisbeeren waren reif, Kirschen hingen rotglänzend über den Zäunen. Mit den Früchten ließen sich die Mahlzeiten für das Drehteam bereichern. Um etwas Frisches zu bekommen, mußte man sonst bis in die Kreisstadt fahren.

Anja sah die Szenaristin auf dem Hof neben der Gastwirtschaft. Sie rannte in großer Erregung ein paar Schritte hin und zurück, hin und wieder zurück; dabei schlug sie sich mit beiden Händen auf den Kopf ein.

»Rita!« rief Anja erschrocken. »Was hast du!« Sie vermutete, daß Schmerz oder die Nachricht von einem Unglück die junge Frau in den verzweifelten Ausbruch getrieben hatte. Sie versuchte, die andere daran zu hindern, auf sich einzuschlagen.

»Laß mich! Laß mich!« wimmerte die Szenaristin. »Ich dreh sonst durch.«

Hilflos betrachtete Anja die Szene. Sie wagte nicht, sich zu rühren, sie wagte auch nicht, Hilfe zu holen. Nach einer Weile hockte Rita sich auf einen Feldstein in einer Ecke des Hofes, stützte die Ellenbogen auf ihre Knie und schluchzte.

Bei uns zu Hause, auf dem Dorf, überlegte Anja, wurde bis zur Wende überhaupt nicht die Haustür abgeschlossen, außer wenn man für längere Zeit verreiste. Dann wurde der Straßenbesen in die Tür gestellt. Nicht, um abzuschrecken, sondern als Zeichen, daß niemand zu Hause war, daß ein zufälliger Besucher an einem anderen Tag wiederkommen müsse, um die Bewohner anzutreffen.

Unvermittelt stand Rita auf, wischte sich die Tränen weg und sagte, schuldbewußt lächelnd: »So. Jetzt hab ich mich wieder. Sag bloß keinem, daß ich geheult habe!«

Die Diebe waren in ERWINS ZIMMER eingebrochen. Die Rolle von Farin hieß im Drehbuch Erwin.

ERWINS ZIMMER hatte sich die Szenaristin seit Monaten ausgedacht; es war einer der wichtigsten Drehorte, dort, wo sich Entscheidendes für die Handlung abspielte, dort, wo die Figur ganz allein mit sich war und man ihr Innerstes erkennen konnte.

Die Szenaristin mußte jeweils am Vortag die Dekoration für das nächste Bild, das dann gedreht wurde, aufbauen.

Jetzt war die ganze Arbeit vernichtet. Der Zwischenfall gefährdete auch den ohnehin gedrängten und wackeligen Zeitplan des Filmes.

Die Diebe hatten es offenbar auf einen Schrank aus den Gründerjahren abgesehen. Nicht nur er war entwendet, sie hatten auch andere Dinge, die im Film mitspielen sollten, mitgehen lassen. Geschirr. Ein altes Likör-Service, Aschenbecher, eine Vase, Nippes. Von ihrem Verkauf würde man kaum Geld einnehmen können. Aber für Rita waren diese Sachen von unschätzbarem Wert. Sie hatte sich Erwins Welt ausgedacht und aufgebaut. Was im Film zu sehen war, die Umgebung des Mannes Erwin, würde vielleicht mehr von ihm erzählen als die gesprochenen Worte – von seinem Charakter, davon, wie er in seiner Einsamkeit hauste.

»Das krieg ich nie wieder hin! Nie!« jammerte die Szenaristin. Vielleicht änderte sich für den, der ihre ursprünglichen Pläne nicht kannte, nur eine Winzigkeit, eine Nuance. Für Rita war etwas Wesentliches für immer verloren. Das Wesentliche bestand nicht in den Dingen, die sie zum Teil aus ihrem eigenen Besitz mitgebracht oder – was genauso schlimm war – von Freunden entliehen hatte –, für die Szenaristin war ein Teil ihrer Arbeit, Teil einer schönen Idee unwiederbringlich dahin. Rita gehörte wie der Regisseur Karsten, wie Toni, wie Christoph, der Beleuchter, zu denen, die mit ans Fanatische grenzender Besessenheit für den Film arbeiteten. In den fünf

Tagen, die sie in Rötelshain dabei war, hatte Anja begriffen, daß nicht in erster Linie Ehrgeiz sie trieb. Sie wollten ihren Film machen, sie wollten ihn so gut wie möglich machen, er war die Chance, die ihrem Dasein Sinn gab. Ohne Murren arbeiteten auch die Darsteller oft zehn, fünfzehn Stunden am Tag – für ein lächerliches Honorar, wenn man es mit dem Geld verglich, das sie bei einem Fernsehfilm verdienen konnten. Sie opferten außerdem wie alle hier ihren Urlaub, ihre freien Tage, ihre Ferien. Es gefiel Anja, in der Nähe dieser Menschen zu sein. Sie selber mochte so arbeiten.

»Endlich mal wieder jemand, der mitdenken kann«, hatte der Regisseur das Mädchen gelobt, als sie bemerkte, daß Erwins Frisur nach dem Aufstehen anders aussehen müsse als am Nachmittag in der Kneipe. Zu den Aufgaben der beiden Mädchen in der Maske gehörte nicht nur ihre eigentliche Arbeit. Sie mußten für die Zwischenmahlzeiten aller Beteiligten sorgen, sie mußten darauf achten, daß Getränke in ausreichender Menge vorhanden waren, daß der Kaffee immer frisch schmeckte; sie mußten der Kostümbildnerin beim Waschen und Bügeln der Kostüme helfen, sie mußten mit anpacken, wenn die Dekoration umgebaut wurde.

Wegen des Essens hatte es in den ersten Tagen Krach gegeben. »Essen gehört zur Kultur«, beschwerte sich Farin, nachdem zwei Tage lang ihre Nahrung aus vertrockneten Brötchen, süßlichen Keksen und eingeschrumpelter Bratwurst bestand. »Bratwurst, Spiegelei und Sülzkotelett werd ich mein Leben lang nicht mehr essen«, stöhnte er.

In wechselnder Folge bildeten diese Gerichte, die die Wirtin Anja bei ihrer Ankunft aufgezählt hatte, die Mittagsmahlzeiten im HOLLÄNDER. Um überhaupt wie vereinbart eine warme Mahlzeit in der Herberge einzunehmen, war die Zeit meist zu kostbar, und wenn die Filmleute spät in der Nacht oder oft erst gegen Morgen im Quartier ankamen, war niemand mehr da, um ihnen eine Mahlzeit zu bereiten.

Da Sabine lieber am Drehort blieb, um einzuspringen, wenn es für die Maske etwas zu tun gab – ihr war in der andauernden Gluthitze jeder Schritt zuviel –, konnte Anja, wenn sie nicht gebraucht wurde, durch die Gärten streifen. Es fanden sich immer ein paar Himbeeren, Petersilie und Liebstöckel. Zwiebeln hatten sich von selber verbreitet, Salat ausgesät, die ersten Sommeräpfel ließen sich essen.

Am Drehtag, der mit dem Einbruch so unglücklich begann, entdeckte Anja bei ihrem nachmittäglichen Streifzug das Landgraf-Haus. Der Name und die Jahreszahl 1885 waren in den steinernen Türbogen eingemeißelt. Der Bau, ein massives Steinhaus, zeigte eine verblüffend schöne und moderne Architektur, bei der die Zweckmäßigkeit bestach.

Eine große Wohnküche mit angrenzendem Bad und

Vorrats-Räume bestimmten das Erdgeschoß, Wandschränke waren in die Holzverkleidung eingelassen, Küche und Sanitärbereiche mit grünlichen Kacheln gefliest. Ihr Vorbehalt, nicht die verlassenen Gebäude zu betreten, nicht auf diese Art an der Leichenfledderei teilzuhaben, war der Neugier, dem Drang, das Geheimnisvolle zu ergründen, gewichen. Sie sah häßliche Dinge, zertretene Bierbüchsen, Unrat, Kot – und sie sah Bilder von einmaliger, unwiederbringlicher und melancholischer Schönheit. Stundenlang kroch sie in Ställen und Kellern herum, kletterte auf Hausböden. Die verlassenen Häuser konnten den Zutritt zu ihren intimsten Räumen nicht mehr verwehren. Abstell- und Speisekammern standen offen, die verborgenen Nischen der Küchen und Keller lagen bloß, die einfachen Abtritte auf den meisten Höfen, die wenigen Toiletten mit Wasserspülung waren nur noch selten hinter Türen verborgen.

Auf dem Boden des Landgraf-Hauses entdeckte das Mädchen ein selbstgebautes Kasperle-Theater. Es war alt, aber vollständig intakt. Der rote Vorhang ließ sich öffnen und zuziehen, die Scharniere funktionierten. Wer mochte es gebaut, wer mochte damit gespielt haben? Das Weihnachtsgeschenk welches Kindes?

Zu dem Unheimlichen des Ortes Rötelshain gehörte, daß nicht nur das Alte, Ausgelebte, das Vermodernde der unerbittlich nahenden Vernichtung ausgesetzt war, sondern ebenso das Dauernde, Beständige, das neu Gebaute, das gerade erst Gepflanzte. Es machte die Atmosphäre des traurigen Dorfes aus. Ein Der-Zeit-Entrückt-Sein, etwas Irrationales.

Wahnsinn, dachte Anja. Sie stellte das Kasperle-Theater so auf, daß das Licht durch die Bodenfenster auf den bemalten Rahmen fiel. Den roten Vorhang zog sie zu.

»Die Bullen sind da!« rief Tonja, der Aufnahmeleiter, als das Mädchen zum Drehort zurückkam.

Die teuren, von einer Firma entliehenen Film-Apparaturen waren hoch versichert. Der Einbruch in der vergangenen Nacht hätte auch ihnen gelten können – Tonja hatte die Polizei informiert.

Eine Anzeige mußte erstattet, ein Protokoll aufgenommen werden. Das Erscheinen der beiden Uniformierten, eine Polizeibeamtin und ein Mann, glich einer komischen Nummer im Kabarett. Sie stolperten über ihre eigenen Beine, verbreiteten eine unangemessene Strenge, so daß Tonja gutmütig flachste: »Ihren Knüppel können Sie im Wagen lassen, hier tut Ihnen niemand was!«

»Kaffeepause!« rief der Regisseur in das allgemeine Gelächter. Ihm war die Verdrossenheit über die Zwangspause anzusehen.

Die beiden Beamten waren verunsichert über das wenig Glanzvolle des Drehortes, über die vielen jungen Leute in merkwürdig anmutender Kleidung, die eher auf den Besuch einer ausgeflippten Fete schließen ließ als auf ernstzunehmende Arbeit.

Ebenso geduldig wie verzagt ließen Rita und der Aufnahmeleiter die Formalitäten über sich ergehen.

Nachdem die beiden Polizisten wieder in ihr Auto gestiegen waren, breitete sich gedrückte Stimmung aus.

»Wenn das so weitergeht, werden wir nie fertig«, brummte Christoph, der Beleuchter. »Und die Herzberg ist immer noch nicht da.«

Niemand antwortete. In die Stille drang das Kreischen und Klappern der Bagger.

Ein Wagen hielt auf der Straße. Eine Tür klappte. Eine schmale, dunkelhaarige Frau erschien im Torbogen zum Gasthof.

»Lissy, na endlich!« rief der Regisseur.

Die Frau war Lissy Herzberg, die Schauspielerin, die seit dem Vormittag erwartet wurde.

»Entschuldigt«, rief sie schon von weitem. »Wir sind ganz rechtzeitig losgefahren. Nach Berlin erst mal 'ne Riesen-Umleitung und dann Staus, Staus, Staus ...«

»Hauptsache, du bist da«, sagte der Regisseur, drückte sie an sich und küßte sie auf die Wangen.

Mit dem Erscheinen der schönen Frau hatte sich die Stimmung verändert. Ein anderes Lüftchen wehte. Alle waren ein wenig heiterer, ein wenig angeregter. Die Gegenwart der Schauspielerin beflügelte das Team, das in der Überzahl aus männlichen Menschen bestand.

Lissy Herzberg wurde nach ihren Wünschen befragt, ob sie Hunger habe, Durst. Der Aufnahmeleiter schleppte einen alten Ledersessel in den Hof, damit sie bequem sitzen konnte. Von anderen Staus und Verspätungen wurde erzählt, von Verwirrungen bei Dreharbeiten, es wurde gescherzt, gelacht.

Als sie eine Zigarettenschachtel aus der Handtasche zog, eiferten Farin und der Regisseur, ihr als erster Feuer zu geben.

Anja betrachtete die Szene nicht ohne Neid.

Wie schön muß es sein, schön zu sein. Und kein Püppchen, dachte sie traurig. Jetzt schien es ihr nicht mehr unverständlich, daß Friedrich Farin oder Erwin, den er spielte, sich in diese Frau verlieben könnte. Die Schauspielerin war Mitte dreißig, vielleicht sogar älter. Aber auch Toni, der Zwanzigjährige betrachtete sie mit verzückten Augen.

Der Plan für den nächsten Tag wurde besprochen. Anja in die Frühschicht eingeteilt, die gleich nach dem Hellwerden den verwüsteten Drehort, ERWINS ZIMMER, für die Aufnahmen vorbereiten sollte. Ein neuer Schrank mußte aufgestellt, andere Möbel herbeigeschafft werden.

»Bis früh um vier bist du entlassen«, sagte der Regisseur zu Anja. Sie beschloß, gleich in die Herberge zurückzugehen, sie würde den Waschraum für sich alleine haben, könnte sich in Ruhe die Haare waschen, ein bißchen Kleinzeug durchs Wasser ziehen.

In der Kneipe der Herberge herrschte nicht das

gewohnte, lärmige Geschwafel der Angetrunkenen. Eine merkwürdig bedrückte Stimmung empfing das Mädchen. Der stets mit lautem Ton laufende Fernseher war ausgeschaltet.

Der schmächtige und irgendwie benachteiligt wirkende junge Mann, den sie Bubi nannten, der den Hausmeister abgab und den Gehilfen in der Kneipe, stellte Anja ein Bier hin. Es war wie immer schlecht gezapft und viel zu warm.

»Kühlanlage kaputt«, sagte Bubi statt einer Entschuldigung.

»Fernseher auch?« fragte sie belustigt zurück.

»Fußball ist aus«, brummt er unwillig.

Dem Mädchen fiel ein, daß heute das Länderspiel Bulgarien gegen Deutschland stattgefunden hatte. Wenn es irgend ging, waren die Jungen am Drehort zum Kofferradio gelaufen, das sie in einem Nebengelaß abgestellt hatten.

»Und?« erkundigte sich Anja.

»Bulgarien hat zwei Tore geschossen«, lautete die karge Antwort.

Wenn sie auch die wütende Verzweiflung über die ›Deutsche Niederlage‹, wie einer der Gäste sagte, nicht teilen konnte, verstand sie doch, wie traurig es sein mußte, daß die Hoffnung auf eine kostenlose gemeinschaftliche Freude, auf den Siegesjubel, sich nicht erfüllte.

Bubi trug einen schwarz-rot-goldenen Pulli mit dem

Symbol der Weltmeisterschaft und deutsch-nationalen Zeichen.

»Warum ziehst du bloß so'n Zeug an«, sagte Anja tadelnd, als Bubi ihr das bestellte Glas Apfelschorle brachte.

»Ich war schon immer schwarz, schon unter Honecker«, antwortete er treuherzig und lächelte sie an. Anjas Frage betrachtete er als Einladung zum Gespräch. Er holte sein Bier und setzte sich an ihren Tisch. Er erzählte stolz, daß er die Schule nicht beendet habe, die Lehre abgebrochen. Und daß er mit seinen dreiunddreißig Jahren noch niemals wählen gegangen ist. Warum? Weil sie seine Mutter so schäbig behandelt haben. Und weil sie ihnen die Wohnung nicht gegeben haben, die sie haben wollten. »Wenn sie unter Honecker zehn Minuten vor Wahlende mit der Urne betteln gekommen sind, daß ich doch bitte, bitte wählen soll, hab ich gesagt: Was ist? Soll ich da reinpissen oder was?«

Er nahm einen großen Schluck aus seinem Glas. Anja ging durch den Kopf, daß er mit »schwarz« vielleicht so etwas wie »schwarzes Schaf« meinte.

»Und jetzt«, fing Bubi an, »is alles noch schlimmer – bloß andersrum. Und daß man heute sagen kann, was man will. Das ist die Freiheit. Verreisen kann ich auch nur, wenn ich Geld hab. Hab ich aber keins.«

Er stand auf, sammelte von den Tischen die leeren Biergläser ein und trug sie hinter den Tresen.

★★★★★

Das Einräumen von ERWINS ZIMMER erledigte sich schneller, als das kleine Team gehofft hatte. Schon gegen sechs Uhr war alles so vorbereitet, daß die Beleuchter die Szene einrichten konnten.

Der frühe Morgen war erfrischend kühl. Die drei Jungen, mit denen Anja gearbeitet hatte, legten sich bis Drehbeginn zum Schlafen auf Matratzen im Obergeschoß des Gasthofes.

Anja ging zur Gemeindeschwestern-Station, in die Maske. Auf halbem Weg machte sie kehrt. Es gab ein Gehöft in Richtung des Ortsausganges, das sie sich noch nicht angesehen hatte. Zu dieser frühen Stunde würde sie dort niemand überraschen. Hinter dem Tor, nur leicht verriegelt, verbarg sich ein Anwesen in mittelalterlicher Anlage. Die Stallungen, die Vorratsräume, schienen original erhalten, das Fachwerk zwischen den Balken war mit Reisig und Stroh ausgefüllt, mit Lehm verputzt. Eine Empore mit Rundbögen zierte den Südflügel.

Auf der gegenüberliegenden Seite, im neueren Wohngebäude, gähnte anstelle der Eingangstür ein gewaltsamer Mauerdurchbruch. Jemand hatte ein Graffitto daneben gesprayt: LOVE IS COLDER THAN DEATH!

Eine steinerne Treppe führte anderthalb Meter unter die Erde, in ein Souterrain von Saalgröße. Ziegelsteine lagen herum, zerrissenes Zeitungspapier, leere Bierflaschen, Schrott. Spinnen hatten Decken und Wände in Jahrzehnten mit dichtem, staubgrauem Gewebe überzogen. Trotz Verwüstung und Verwahrlosung strahlte der Raum Würde aus. Wie in einem verwunschenen Schloß erhoben sich aus dem Unrat sechs gemauerte Säulen mit rankenverzierten Kapitellen, die das Gewölbe trugen. Die Anordnung der Fenster, die Aufteilung des Raumes vermittelten das Empfinden von Harmonie und Ruhe. Vielleicht waren das die Überreste des Klosterhofes, den es in Rötelshain einmal gegeben haben soll. Vielleicht bin ich die letzte, die das hier gesehen hat, dachte Anja. Auch dieses Zeugnis einer anderen Zeit war zur Vernichtung bestimmt. Sie wandte sich um, schräge, staubdurchsetzte Sonnenstrahlen fielen durch den Eingang ins Innere. Als sie auf der Treppe stand, schoß eine Schwalbe in den Innenraum, nur um ein Winziges an der Schläfe des Mädchens vorbei. Erschrocken fuhr sie zurück.

Die Rauchschwalbe flatterte irritiert durch das Gewölbe und stieß ängstlich erregte Laute aus.

Auf der Straße hatte der allmorgendliche Verkehr eingesetzt, obwohl die Durchfahrt amtlich gesperrt war, benutzten viele Einheimische aus den umliegenden Dörfern die gewohnte Abkürzung. In den Wagen saßen nur der Fahrer oder die Fahrerin, meist verdrossenen Gesichts. Nur in einem Trabant sah sie eine Frau mit zwei Kindern.

Hinter dem Haus, in dem in früheren Zeiten die Gemeindeschwester gearbeitet hatte, war vom Straßenlärm nichts zu hören. In der Mitte des verwilderten Gartens gab es ein Rondell mit Gras überwachsen. Dort legte die Kostümbildnerin, die gleichzeitig als Garderobiere arbeitete, die Wäsche zum Trocknen aus. Ein Stückchen vom Rondell entfernt, in der Nähe des Zaunes standen Sträucher mit schwarzen Johannisbeeren. Was über Nacht nachgereift war, würde dem Mädchen für eine Morgenmahlzeit reichen. Mit Milch vermischt, die im Kühlschrank der Maskenabteilung bereit stand, eine willkommene Erfrischung.

Anja hob die Pforte, die zum Garten führte, ein wenig hoch, das war der Trick, mit dem sie sich öffnen ließ. Das betaute Gras näßte die nackten Beine des Mädchens. Insekten sirrten um die blühenden Kräuter.

Mit einem Ruck blieb Anja vor dem Rondell stehen. In der Mitte der Grasfläche lag ein Mensch. Ein junger Mann. Er hatte ein rotes Tuch ausgebreitet, auf dem er schlief. Er schlief sehr friedlich, die Arme hinter dem Kopf verschränkt, lang ausgestreckt. Auf seine Beine schien die Sonne.

Vorsichtig ging das Mädchen näher. Der junge Mann war von dunkler Hautfarbe, tiefbraune, lockige Haare umrahmten sein Gesicht, fielen über die Arme bis ins Gras. Noch nie hab ich solch ein Gesicht gesehen, dachte Anja, höchstens auf einem Gemälde, bei den alten Meistern. Ein Patrizier-Sohn könnte er sein, er müßte nur was anderes anhaben als Hemd und Jeans. So was Schönes kriegt kein Werbe-Spot zustande, ging ihr belustigt durch den Kopf. Mir ist ein braunlockiger Engel vor die Füße gefallen! Ach was – ein junger Gott! Die Schönheit selber ist vom Himmel gefallen, um Rötelshain vor seinem Untergang noch einmal die Ehre zu geben.

»Hej«, rief sie den Schlafenden leise an. Er reagierte nicht.

»Hej, du!« wiederholte sie.

Er öffnete die Augen – nein, er öffnete sie nicht: Er schlug sie auf, und sein Blick traf in Anjas Augen. In der Sekunde, in der halben Sekunde, in der sie sich so ansahen, in der halben Sekunde, in der die Erde aufhörte sich zu drehen, zerplatzte die Hülle, in der Anja Forbach zwanzig Jahre gesteckt hatte.

Eine Libelle streckte ihren Körper und entfaltete ihre Flügel, wundervolle azurblaue Flügel.

Ich heb ab, dachte Anja Forbach.

»Wer bist du?« fragte das Mädchen.

»Victor Antonio Carvaljal.« Er richtete sich auf.

»Woher kommt du?«

»Aus Chile.«

Sie ahmte mit ihren Armen Flugbewegungen nach. »So?«

Er lachte: »Mit dem Flugzeug. Linea Aerea Nacional de Chile.«

»Hierher, ins Gras?«

Er stand auf, strich sich die Jeans zurecht, nahm das rote Tuch, auf dem er gelegen hatte, vom Boden auf, schüttelte es, drehte es und schlug es sich mit routiniertem Schwung um die Hüften.

»Vor zehn Tagen nach Berlin«, sagte er. »Man hat mir erzählt, hier wird ein Film gedreht. Man kann umsonst essen und schlafen für die Arbeit. In der Nacht bin ich mit dem Auto gekommen. In Leipzig hat mich einer mitgenommen und bis hierher gefahren. Aber niemand war zu sehen, kein Hotel, keine Kneipe. Bin ich zum Schlafen in den Garten gegangen.«

»Hast du gar keine Angst?« Noch niemals hatte das Mädchen unter freiem Himmel geschlafen, ohne Schlafsack, ohne Zelt.

»Wovor«, fragte er zurück. »Wilde Tiere gibt's in Deutschland nicht. Wird hier ein Film gedreht?« erkundigte er sich.

»Tag und Nacht wird hier gedreht«, gab sie zurück. »In einer Stunde geht es weiter.«

»Und du?« fragte er. »Was machst du? Und wie heißt du?«

»Anja. Ich mach hier Maske.«

»Anja – Anita«, wiederholte er. »Ich hab Hunger, Anita.«

»Ich wollte mir gerade ein paar Beeren holen – wenn du Knast hast, reicht das wohl nicht.« Sie sah auf ihre Uhr: »Im ›Holländer‹ frühstücken sie jetzt. Ich bring dich hin.«

Als sie neben ihm ging, den leichten Bogen, den die Straße zwischen der Herberge und dem Dorf schlug, kam ihnen eine Autokolonne entgegen, vor einer der Halbschranken aufgehalten. Anja fühlte, daß alle, jeder in jedem Wagen, das Paar ansehen mußten, das ihnen an diesem frühen Sommermorgen entgegen kam. Und sie würden diesen Anblick nie vergessen können; ihr Leben lang nicht.

★★★★★

Lissy Herzberg saß am Schminktisch in der Maske. Sabine legte ihr Teint auf. Sorgfältig achtete die Schauspielerin darauf, daß der Farbton ebenmäßig verteilt, die Brauen nicht so stark nachgezogen, die Augenform so korrigiert wurde, daß es trotzdem natürlich wirkte. Die Fältchen im Gesicht verschwanden, nach einer halben Stunde war sie in eine um viele Jahre jüngere Frau mit strahlendem Aussehen verwandelt. In dem Argwohn, mit dem Lissy Herzberg alle Hantierungen der Maskenbildnerin verfolgte, lag auch eine Furcht, erkannte Anja, die neben dem Tisch stand und zusah.

Die Furcht, alt zu sein oder zu alt zu erscheinen. Dahinter die Angst, nicht mehr attraktiv zu wirken, keine Rollen mehr angeboten zu bekommen, aus dem Film-Geschäft ausgeschlossen zu werden.

Sabine und die Schauspielerin erzählten sich Theater-Klatsch. Die Maskenbildnerin arbeitete aushilfsweise an einer Schauspielbühne in Dresden. Die beiden Frauen hatten gemeinsame Bekannte. Sie fragten sich gegenseitig ab, wer an welches Theater gegangen war, erinnerten sich an Inszenierungen.

Zwischendurch fielen Lissy Herzberg kleine Sonderwünsche ein, um die Anja sich zu kümmern hatte. Sie stellte etwas zum Trinken bereit, sie sah in der Manteltasche nach, ob die Wohnungsschlüssel an ihrem Platz waren, sie sperrte Tür und Fenster auf, weil die Luft der Schauspielerin zu stickig war. Sie bügelte ein Blüschen für sie auf, das sie auf der Heimfahrt anziehen wollte.

Trotz all der Sonderwünsche, trotz des Argwohns, mit der die Schauspielerin Sabines Arbeit verfolgte, ging nichts Arrogantes von ihr aus. Sie schwatzte mit den beiden Mädchen wie eine ältere Freundin mit jüngeren.

»Übermorgen muß ich wieder in Zürich sein«, seufzte sie. »Totaler Streß für mich. Ich mach das nur wegen Karsten. Das ist so schwer für die Absolventen, gute Schauspieler für ihren Abschluß-Film zu kriegen. Es sind nur eine paar bekloppte Idealisten, die das für fast umsonst machen. Der Freddy Farin is och so einer.«

Sie stand auf und betrachtete sich im länglichen Spiegel, den die Kostümbildnerin auf einen Hocker gestellt hatte.

»Das Kleid ist chic«, sagte sie und strich sich über die Hüften, »das könnte mir direkt privat gefallen.«

»Soll ich Ihnen einen Kaffee machen«, fragte Anja.

»Ach ja«, rief sie begeistert, »Kaffee wäre toll. Heiß gegen heiß!«

Sie betrachtete ihre Fingernägel, die Sabine himbeerrot lackiert hatte. »Daß man hier nicht telefonieren kann, ist eine Katastrophe«, klagte sie. »Ich hatte fest versprochen, zu Hause anzurufen. Die werden sonst was denken. Mein Mann macht sich immer gleich 'n Kopp, wenn ich mich nicht melde.«

»Hier ist der Arsch der Welt«, sagte Sabine. »Und zwar kurz vor dem Untergang.«

Anja stellte die Tasse mit dem Kaffee auf den Schminktisch.

»Ich danke dir«, sagte Lissy Herzberg. »Du bist ein entzückendes kleines Persönchen!«

»Ja, ich weiß«, entgegnete sie. »Ein Püppchen.«

»Aber nein!« protestierte die Schauspielerin. »Eine energische kleine Person! Du hast Kraft, das sieht man doch.«

Hab ich auch, dachte Anja und freute sich über das Kompliment. Außerdem bin ich seit heute früh um sechs eine azurblaue Libelle.

Als sie morgens mit Victor Antonio Carvaljal zur Herberge ging, hatte sie sich überlegt, womit sie Karsten, den Regisseur überreden könnte, damit er den Chilenen nicht etwa wieder wegschickte.

»Was kannst du?« hatte Karsten den Jungen gefragt.

Victor Antonio strahlte ihn an: »Ich kann Teller waschen, Aijaico kochen, Zeitungen austragen, Autos waschen, Zäune streichen, Sandalen flicken, Gedichte aufsagen ...«

»Hast du was gelernt, vielleicht einen Beruf?« unterbrach ihn der Regisseur.

»Deutsch«, erwiderte Victor Antonio. »Deutsche Sprache und Literatur. Seit zehn Tagen hab ich sogar einen Schein, auf dem das steht.«

»Fahrerlaubnis?«

»Hab ich.«

»Gut, Antonio, dann fährst du nachmittags mit dem Transporter nach Leipzig und holst das Moped ab. Warst du schon mal in Leipzig?«

»Noch nie. Ich war hier noch nie. Nur in München und Hamburg. Aber es wird einen Stadtplan geben. Ich finde alles.«

Anja und der Chilene setzten sich an den Tisch, wo die Beleuchter saßen. Bubi, der für das Frühstück sorgen mußte, kam und fragte mürrisch: »Was kriegst du?«

Es war die Frage nach Kaffee oder Tee, die Getränke, die man wahlweise bestellen konnte. Das Frühstück bestand jeden Morgen aus pappigen Brötchen, Butter, undefinierbarer Marmelade und einem Stück Teewurst.

Victor Antonio überlegte einen Moment: »Milch, Honig, Orangensaft und ein Stück Melone.«

Ohne eine Reaktion zu zeigen, verschwand Bubi in der Küche. Die Jungen am Tisch lachten. »Du bist hier nicht im Inter-Hotel. Hier mußt du froh sein, daß du überhaupt was kriegst.«

Bubi erschien wieder und stellte ein Kännchen Kaffee

vor Anja hin. »Du hast die Melone vergessen«, flachste einer der Jungen, Bubi würdigte ihn keines Blickes.

Die Beleuchter brachen auf, sie mußten als erste am Drehort sein.

»Hier mußt du wirklich essen, was da ist«, sagte Anja.

Der Chilene wies auf die Tür zur Küche hinter dem Rücken des Mädchens. Aus der Tür kam Bubi, er trug ein Tablett und stellte es vor dem Jungen hin. Auf dem Tablett standen ein Glas Milch und ein Glas Orangensaft, ein Schälchen mit Honig, frisches Brot lag im Korb, lachsrot leuchtete das Melonenstück.

Hätte sich vor ihren Augen die Stehlampe in eine Palme verwandelt oder der Kühlschrank zu reden begonnen, kein übersinnliches Ereignis hätte bei den Filmleuten mehr Aufsehen erregen können als das Tablett mit dem Frühstück. Alle waren von ihren Plätzen aufgesprungen, umringten den Tisch mit Anja und dem Jungen.

»Ein Wunder!« schrie Peggy, das Skriptgirl. »Ein Wunder!«

So frühstückt eben ein junger Gott, dachte Anja.

Victor Antonio grinste und ließ Honig auf das Brot fließen.

»Bubi!« rief der Regisseur über den Lärm hinweg. Der junge Mann erschien mit verlegenem Lächeln.

»Bubi«, sagte Karsten, »ab morgen gibt es für alle ein anständiges Frühstück: Brot, Käse, Joghurt, Quark. Und Obst. Und mindestens zwei Sorten Fruchtsaft. Das ist dicke im Geld mit drin, was wir vereinbart haben, verstanden?«

»Alles klar«, erwiderte Bubi.

»Eins begreif ich nicht«, brubbelte der Regisseur kopfschüttelnd, »warum haben wir uns das eigentlich so lange gefallen lassen ...«

*****

Von außen wurde an den Fensterrahmen der Maske gepocht. Das Gesicht des Chilenen tauchte auf und verschwand wieder, er war hochgesprungen, um ins Zimmer sehen zu können.

»Der Meister möchte die schöne Frau sprechen«, richtete er aus.

»Ja, Antonio, wir sind gerade fertig.« Sabines singendes Sächsisch verwandelte seinen Namen in eine Melodie, deren Akzent auf dem letzten Vokal lag. Victor Antonio Carvaljals zweiter Vorname hatte sich beim Filmteam gleich eingebürgert - wohl des fremdländischen Wohlklangs wegen. Für mich ist er Victor, dachte Anja. Der Sieger, der Strahlende, der Unbesiegbare.

Am Drehort setzte sich der Regisseur mit Lissy Herzberg in den Schatten der alten Kastanie, die vor ERWINS ZIMMER ihr Blätterdach breitete, und sprach mit ihr die Aufnahme durch. Karsten redete leise auf sie ein, die Schauspielerin nickte ab und zu.

»Nein, das wird nichts! Hör auf!« Tonis wütende Stimme. Er kam aus dem Haus gerannt.

»Es ist zu laut auf dieser Welt!« schrie er.

Der Regisseur stand auf. »Toni, seit wann verlierst du die Nerven«, sagte er mit leisem Spott.

»Weil es zum Mäusemelken ist! Ich krieg hier keine Ruhe rein!«

Um die beiden bildete sich ein Kreis aus allen, die in der Szene zu tun hatten.

»Diese Scheiß-Autos! Es ist immer ein Nebenton drin!« beschwerte er sich. »Den krieg ich nicht raus!«

»Müssen wir eben die Straße absperren«, schlug jemand vor.

»Dafür haben wir keine Genehmigung«, warf Tonja, der Aufnahmeleiter, ein. »Das muß beantragt werden.«

»Eh' wir die Genehmigung kriegen, ist die Straße unterm Bagger«, stellte Karsten sarkastisch fest.

»Wir markieren einen Unfall«, schlug Peggy, das Skriptgirl, vor. »Toller Vorschlag!« Tonja griff sich an den Kopf. »Damit wir uns selber die Bullen auf den Hals holen!«

Der Regisseur, Rita, die Szenaristin, Tonja und Toni zogen sich zur Beratung in den Gasthof zurück. In der Dekoration der Kneipe, am runden Stammtisch, war der einzige Platz, wo mehrere Leute auf Stühlen sitzen konnten. Nach einer halben Stunde kamen die vier zurück und erklärten, Tonjas Bedenken zum Trotz hätten sie beschlossen, jeweils für zwei bis drei Minuten die Straße abzusperren. Rita machte zwei Papp-Schilder fertig: HIER WIRD EIN FILM GEDREHT. WIR BITTEN UM 2 MIN. GEDULD. DANKE!

»Antonio sperrt ab«, bestimmte Karsten. »Wer noch?«

»Anita!« sagte Victor Antonio.

Die Schilder, die Rita gemalt hatte, lehnten sie an zwei Stühle und plazierten sie fünfzig Meter vor dem Gehöft in beiden Richtungen auf der rechten Seite. Gleich bei den ersten kleinen Staus, die sich bildeten, gab es wütende Reaktionen.

»Wer seid ihr denn!« schrie ein Mann aus dem Wagenfenster. »Ich schick euch die Bullen auf den Hals!«

»Nur ein kleines Momentchen Geduld«, bat Victor Antonio, »nur noch eine Minute! Und Sie können sagen, Sie haben etwas für die Kunst getan!«

»Deine Kunst ist mir scheißegal«, brüllte der Fahrer ihn an. »Seit wann dürfen Ausländer deutsche Straßen absperren! Hau ab! Hau ab, sag ich dir! Dreckstürke, du!«

Anja fuhr erschrocken herum. Sie knallte den Stuhl vor die Wagenschlange auf ihrer Seite und lief zu dem Chilenen. Sie spürte, daß sie die Beherrschung verlor: »Halt deine dreckige Klappe, du Drecksdeutscher, du!« schrie sie den Mann an. Das Mädchen, kaum größer als das Wagendach hoch war, hob die Fäuste, um auf den Fahrer einzuschlagen. Victor Antonio zog sie zurück.

Vor Wut schossen Anja Tränen in die Augen.

Karsten kam aus dem Hoftor. »Um Gottes willen«, rief er. »Laßt sie durch!«

»Ich hätt den umgebracht!« schniefte Anja, jetzt über ihren eigenen Ausbruch belustigt.

»Anita ist ein Tornado! Tornado Anita!« spöttelte der Chilene.

»Wenn ihr merkt, daß die Leute die Geduld verlieren, laßt ihr sie durch«, sagte Karsten. »Wir dürfen uns keinen Ärger einhandeln.« Er wandte sich um und ging.

»Der Kerl hat Victor als Ausländer beschimpft«, brauste Anja auf.

Der Regisseur kam zurück. »Dann stellen wir jemand anders hin«, sagte er erschrocken. »Entschuldige, Antonio, mit diesen deutschen Idioten hab ich nicht gerechnet.«

»Ich bleib stehen«, entgegnete der Junge. »Kann ich deutsche Schimpfwörter lernen.« Karsten postierte vorsichtshalber einen Jungen, der für die Umbauten da war, in Rufweite der beiden.

Die nächste Sperrung lief ohne Komplikationen ab, eine Frau stieg aus und ließ sich von Victor erklären, wozu der kleine Halt nötig sei. Anja, die ab und zu einen wachsamen Blick in Victors Richtung warf, spürte, daß der Chilene der jungen Frau gefiel.

Tja, dachte sie voller Genugtuung, da steht ein junger Gott mitten auf eurer sächsischen Straße!

»Hier wird nicht einfach abgesperrt«, schrie ein aufgebrachter Fahrer Anja an. »Ihr seid hier im Osten!«

»Wir sind auch Osten!« schrie sie zurück. »Babelsberg, Mensch! DEFA! Noch nie gehört?«

Brummend zog der Fahrer den Kopf zurück.

»Warum sagt er, wir sind hier im Osten«, erkundigte sich Victor in ihrer nächsten Pause.

»Weil da der Mercedes steht«, erklärte Anja. »Solchen Schlitten fahren hier nicht viele. Außerdem hat er Münchner Kennzeichen.«

Es dauerte über eine Stunde, bis die Aufnahme fertig war.

Toni kam und winkte den beiden zu: »Alles im Kasten!« rief er schon von weitem. »Ihr seid zwei Schätze!«

Victor Antonio lud sich beide Stühle auf den Rücken. »Ich hab ein tolles deutsches Wort gelernt«, sagte er zu Toni. »Arschgeige.«

Anja sah Victor von der Seite an. Ich könnt dich küssen, dachte sie. Hier auf der Stelle. Vor allen Leuten.

Die Sonntage unterschieden sich für die Filmleute vom Alltag dadurch, daß die Herberge erst gegen Abend öffnete, weil keine Kunden, die im RESTPOSTEN-Markt stöberten, zu erwarten waren.

Das Frühstück stellten Helga, die Wirtin, oder Bubi nach Ausschankschluß bereit, den Kaffee in Thermoskannen.

Am letzten Julisonntag wurde eine aufwendige Szene in der Kneipe gedreht, acht Schauspieler waren beteiligt. Sabine und Anja hatten Mühe, ihren Schminkplan einzuhalten. Am Drehort herrschte gespannte Atmosphäre. Die Schauspieler in den Nebenrollen waren nur für diesen einen Tag engagiert. Wenn die komplizierten Aufnahmen nicht gelangen, geriet der ganze Film ins Wanken.

Am frühen Nachmittag – es wurde schon seit dem Morgengrauen gedreht – kam Bubi mit dem Fahrrad zum Gasthof.

»Anja soll kommen«, sagte er zu Tonja, dem Aufnahmeleiter, »ihre Eltern wollen sie besuchen.«

»Ich brauch heut jeden Mann und jede Maus«, fuhr Tonja auf, »die liebe Verwandtschaft ist hier fehl am Platze. Anja kann nicht weg!«

Das Mädchen hörte dem Disput erschrocken zu. Sie wäre nie auf die Idee gekommen, ihre Eltern einzuladen. Daß sie sich ungebeten auf den Weg gemacht hatten, ließ auf Außergewöhnliches schließen.

»Ich kann nichts dafür«, verteidigte sich Anja. »Sie sind von alleine gekommen.«

Aus dem Schatten des Obstgartens tauchte Victor Antonio auf.

»Ich fahr Anita zum ›Holländer‹«, sagte er. »Ich muß sowieso die Ziege aus Hansdorf holen. Auf dem Hinweg bringe ich Anita, auf dem Rückweg hol ich sie wieder.«

»Und wer soll ihre Arbeit machen!« Tonja blieb ungnädig.

»Peggy«, warf einer der Jungen von der Beleuchtung ein. »Bevor Anja da war, ist sie auch eingesprungen.« Peggy, das Skriptgirl, deren Aufgabe es war, jede gedrehte Aufnahme, die Zeiten und die Anschlüsse peinlich genau zu notieren, stand von ihrer Matratze auf, der Sitzgelegenheit, die sie sich eingerichtet hatte.

»Mach ich«, bot sie sich an. »Ich kann mich ja sowieso nicht von der Stelle rühren.«

Victor Antonio schob, bevor sie mit dem Kleintransporter losfuhren, eine Kassette mit lateinamerikanischer Musik ein. Manche Stellen sang er lauthals mit. Anja, durch die Nachricht verstimmt, weil sie ihre Arbeit im Stich ließ, fühlte, wie sich auf der kurzen, kaum dreiminütigen Fahrt ein ungekanntes Glücksgefühl in ihr ausbreitete. Weil ein junger Gott singt, dachte sie. Leicht und schillernd flog die azurblaue Libelle über den Sommergräsern dahin.

»Ich bin neugierig«, sagte Victor, als sie vor der Herberge hielten. »Kann ich deine Eltern angucken?«

In der Kneipe der Herberge, die noch nicht geöffnet hatte, saßen Marita und Hans Forbach als einzige Gäste. Helga, die Wirtin, stand vor ihnen und redete.

Als das Mädchen mit dem Chilenen durch die Tür trat, stand Marita Forbach auf, lief dem Mädchen entgegen und umarmte sie.

»Entschuldige«, sagte sie, »ich hab schon gehört, bei euch gibt es keinen Sonntag. Aber ich hab mir solche Sorgen gemacht! Weil du nicht angerufen hast! Wir dachten, dir ist was passiert. Man kann doch nicht ahnen, daß hier weit und breit kein Telefon geht. Gut siehst du aus! Schön braungebrannt. Und die Arbeit, macht wohl Spaß?«

Die Erleichterung, ihre Tochter wohlbehalten vor sich zu sehen, ließ einen Redeschwall aus Marita Forbach herausbrechen.

»Wer ist der junge Mann«, erkundigte sich Hans Forbach.

»Das ist Victor, ein Chilene«, stelle Anja ihn vor. »Er hat mich hergefahren, nachher holt er mich wieder ab. Zu Fuß dauert es zu lange.«

»Können wir dich zum Essen einladen?« Anjas Vater betrachtete den Jungen mit Sympathie.

Victor lachte: »Geht nicht, leider. Ich muß eine Ziege holen!«

»Victor«, wiederholte Marita Forbach. »Victor, der Chilene. Victor, der Sänger! Victor Jara. Ich hab alle Platten von ihm, die es bei uns gab. Kennst du das: ›Es war Frühling, Amanda, leichter Regen fiel ...‹«

»Ich war erst zwei Jahre, als er gestorben ist«, entgegnete Victor Antonio.

»Ermordet haben sie ihn«, empörte sich Marita Forbach. »Und du kennst das wirklich nicht? Wie sie aus der Fabrik kommt, für fünf Minuten? Um ihren Manuel zu sehen?« Sie versuchte, die Melodie zu finden.

»Es war Frühling, Amanda ...«

»Nach dem Putsch sind seine Lieder nicht mehr gesungen worden«, sagte Victor Antonio. »Früher haben die Rundfunksender sie gespielt. Aber ich war ein ganz kleines Kind. Ich komme auch ... meine Familie ist – wohlhabend, heißt das wohl deutsch. Solche Lieder haben sie nicht gekannt. Ich kannte eher Mozart als Jara.«

»Ach!« Verwirrung und Enttäuschung klangen in Marita Forbachs leisem Ausruf mit.

Die Wirtin kam und stellte zwei Apfelschorle und ein Bier auf den Tisch: »Und du, Antonio, was möchtest du?«

»Ich muß los«, erwiderte er. »Ciao! Bis später!«

An der Tür drehte er sich noch einmal um: »Bis später, Anita!«

»Anita nennt er dich«, wunderte sich die Mutter. »Hört sich lustig an.«

Helga, die Wirtin, kam wieder an den Tisch, unbekümmert darum, ob die Eltern mit ihrer Tochter vielleicht allein sein wollten. »Wie gesagt«, nahm sie eine – offenbar durch die Ankunft der jungen Leute unterbrochene – Erzählung wieder auf, »also dies hier, mit dem ›Holländer‹ is mein letzter Versuch. Hier gibt's keine Arbeit für eine, die auf die Vierzig zugeht. Hier wird doch bloß dichtgemacht! Sechstausend Mann haben in der Braunkohle gearbeitet – alles hin. Und als Frau biste sowieso angeschissen! Ich hab mich erkundigt – die denken alle, wenn sie das neue Kraftwerk bauen, gibt's Arbeit. Pustekuchen! Im Westen arbeiten in so 'ner Bude höchstens siebzig Arbeiter pro Schicht – alles andere sind Ingenieure und Chefs und so was! Wenn hier hundert Leute wieder Arbeit kriegen – das wär schon ein Wunder!«

Sie horchte: »Bubi ist gekommen, jetzt könn wir was zu

essen machen. Heute ist Schnitzel mit Bratkartoffeln. Drei mal – is recht?«

»Mir noch ein Apfelschorle«, bestellte Anja. Sie fühlte sich von dem langen Tag in der Sonne ausgedörrt.

Die Wirtin schlurfte mit dem Getränk herbei.

»Wenn die uns bloß nich immer für blöd verkaufen wollen! Das hab'n se früher gemacht, und jetzte geht's so weiter! Wie gesagt, wenn das hier nicht klappt mit'm ›Holländer‹, mach ich die Bude zu, verkloppe die Wohnung – und denn lieg ich meinen Geschwistern auf der Tasche. Jeden Monat kommt einer ran. Da reicht das Jahr noch nicht. Ich hab nämlich vierzehn Stück davon – Brüderlein und Schwesterlein. Von Annaberg bis Saßnitz hoch!«

Sie verschwand endgültig in der Küche.

»Ich begreif das gar nicht«, sagte Marita Forbach, »wieso der Junge Victor Jara nicht kennt.«

»Aber Mama«, verteidigte ihn Anja, »er ist doch eine ganz andere Generation. Außerdem - du hast ja gehört – er hat reiche Eltern.«

»Kannst du dich denn nicht mehr an dieses Lied erinnern?« fragte Marita die Tochter. »Die Platte haben wir eine Zeitlang bald jeden Tag gespielt.«

»Vielleicht, Mama, ich weiß es wirklich nicht mehr.«

In der Stille, die nach ihren Worten entstand, hörte man das Läuten einer sich schließenden Halbschranke. Einer der Bagger am Horizont, den man vom Fenster der Kneipe aus sah, erzeugte Töne, die dem Jaulen eines mißhandelten Hundes ähnelten.

»Schrecklich«, sagte Hans Forbach und schüttelte den Kopf.

»Jetzt hab ich's«, rief Anjas Mutter und sang in der leeren Kneipe: »Nur diese fünf Minuten! Die Erde blieb stehn – für diese fünf Minuten!«

Ach Mama, dachte Anja, manchmal braucht sie nur eine halbe Sekunde lang stehenzubleiben. Das reicht, damit eine Libelle zum erstenmal ihre azurblauen Flügel ausbreiten kann.

Bubi kam und stellte einen Aschenbecher auf den Tisch. »In der Bahnhofskneipe haben se letzte Nacht eingebrochen«, teilte er den Gästen mit.

Die Ziege, die Victor Antonio aus dem Nachbardorf geholt hatte, meckerte Anja aus einem viereckigen Gestell, für den Transport zurechtgezimmert, entgegen.

»Sie jammert nach zu Hause«, sagte Victor. »Heute abend kommt ihre... Frau?« Er korrigierte sich: »Die Frau, der die Ziege gehört.«

Er fuhr nicht in Richtung Rötelshain, sondern in entgegengesetzte Richtung, über die Bahnstrecke, auf der die Schmalspurlok die Loren mit der frisch geförderten Braunkohle vor sich herschob.

»Ich hab was gesehen«, erklärte er dem Mädchen, »das muß ich dir zeigen.«

Der Transporter holperte nach der Schranke ein Stück über ungepflasterte Landstraße, dann bog Victor in einen Weg ein, der nur aus zwei Fahrrinnen bestand. Ein Schild verbot das Weiterfahren, der Junge beachtete es nicht. Entlang des Weges blühten Giersch und Hundskamille; Melde wuchs meterhoch. Der Wagen fuhr eine steile Anhöhe hinauf, keine natürliche Erhöhung – eine Aufschüttung. Victor hielt auf dem Scheitelpunkt mit dem Transporter. »Das wollte ich dir zeigen.«

Vor ihnen lag eine Landschaft, in der kein Hälmchen Grün wuchs. Von der Anhöhe, so weit man sehen konnte, lagerte öliges Geröll, Schlammberge, von braunen Rohren durchzogen, zermalmter Beton mit eckigen Stükken durchsetzt.

In den Rohren gluckste Flüssigkeit. An manchen Stellen sickerte sie an den Verbundstellen in den Boden, bevor sich die Masse dort ergoß, wohin sie fließen sollte: In eine schmierige, von bleigrau bis schwärzlich changierende Senke, gefüllt mit der widerlichen Flüssigkeit, die offenbar aus dem Industriebetrieb kam, der die Sicht auf die gegenüberliegende, mehrere Kilometer entfernte Seite verstellte. Selbst der Himmel, nur wenige Kilometer von Rötelshain entfernt, wölbte sich hier nicht sommerlich blau. Vor der Sonne stand eine merkwürdig zerfaserte, graugrüne Wolke, an den Rändern in Schwefelgelb zerlaufend. Hier flog kein Vogel, keine Grille zirpte. Nichts Lebendes hatte in dieser Landschaft eine Chance.

»Ein Blick in die Zukunft«, sagte Victor sarkastisch.

Anja schwieg. Er wendete den Wagen und fuhr zurück.

»Ich bin in Ninive gewesen«, fing er unterwegs zu erzählen an, »im Norden des Irak. Mossul heißt die Stadt, die Ninive heute gegenüberliegt. Ninive ist versunken, unter Wüstensand begraben. Es soll eine Stadt mit Palästen gewesen sein, mit riesigen Plätzen, mit wunderbaren steinernen Skulpturen. Mit Kunst. Die Stadt ist schon ein halbes Jahrhundert vor unserer Zeitrechnung zerstört worden. Die Babylonier und die Meder haben die Assyrer besiegt, die die Stadt gebaut hatten. Worum sie gekämpft haben? Um Besitz. Um Macht. Um immer mehr. Der Tigris fließt dort. Nach den alten Sagen lag an seinen Ufern das Paradies, die Wiege der Menschheit – ein blühender Garten. Und jetzt? Wüste ringsum. Die Menschen haben ihr eigenes Paradies zerstört. Als ich Mossul gesehen habe, war dort auch Krieg. in den Schützengräben, gleich neben den Ausgrabungsstätten, lagen junge Soldaten, sehr junge Soldaten. So alt wie ich damals – siebzehn, achtzehn Jahre. Sie sollten ›das heilige Vaterland‹ mit kleinen Flakgeschützen retten. Sie hockten da in der Sonnenglut – keine hundert Meter von der Stadt entfernt, die ein früherer Krieg zerstört hatte.«

Die Schranken vor der Herberge waren geschlossen. Die kleine Lok schob die gefüllten Loren der Brikettfabrik zu.

»Hast du gestern morgen den Mann gesehen, der den

Rasen gemäht hat? Vor dem ›Holländer‹?« fragte Victor, scheinbar zusammenhanglos.

Jeder in der Herberge mußte ihn bemerken. Das dröhnende Geräusch, das er verursachte, riß die Filmleute, die bis in die Nacht gearbeitet hatten, vor der Zeit aus dem Schlaf.

Der Mann saß auf einem Gefährt, das den Wagen der Auto-Scooter glich, und kurvte damit über die schmale Grasfläche. Das Gemähte fiel in einen rückwärtig angebrachten Plastebeutel.

»Für diesen Quatsch müssen die Dörfer sterben«, fügte er hinzu. »Ein Teufelskreis. Circulum mortale.«

Anja fielen die stehengelassenen Kühlschränke, die Fernseher, Radio, Autowracks und Waschmaschinen ein, die das Gelände um die verlassenen Rötelshainer Häuser verunstalteten. Zurückgelassen, weil sie ihren ehemaligen Besitzern zu alt erschienen, zu unmodern. Nicht glänzend genug, sich in die neue Heimat, die die Rötelshainer erwartete, einzupassen.

Ja, es ist ein Teufelskreis, dachte sie. Die Braunkohle-Bagger räumen die Dörfer weg, damit der Strom für den Graskiller fließen kann. Für die elektrische Kaffeemaschine, dafür, daß ich in der Herberge Wein aus Frankreich trinken kann, für die Spielautomaten im Gasthof, für die schönen neuen Autos.

Der Zug war vorbeigepoltert. Die Halbschranke öffnete sich wieder. Victor fuhr an. Er summte eine Melodie vor sich hin. Am Ortseingang von Rötelshain stand Rita, die Szenaristin, im Straßengraben. Sie hatte einen riesigen Feldblumenstrauß mit leuchtendem Klatschmohn gepflückt.

Sie winkte ihnen vergnügt zu.

Er grüßte zurück und lächelte Anja von der Seite an. Wir haben nach dieser Fahrt etwas Gemeinsames, dachte sie, etwas Vertrautes. Er gefällt mir nicht nur, weil er ein so schöner Chilene ist.

Die Ziege hatte sich nicht mehr gemeldet. Sie lag auf dem mit Stroh bestreuten Boden ihres Gestells und döste vor sich hin. Als der Wagen vor dem Gasthof hielt, brach sie wieder in ihr klagendes Gemecker aus.

Am Drehort saß das Team in einer schattigen Ecke auf dem Boden. Es wurde Kaffee getrunken, Sabine verteilte Wasserflaschen, einige Jungen tranken Bier aus der Flasche.

»Schafft die Ziege auf Hof vierzehn«, sagte Tonja. Er gab Victor den Schlüssel für ein Vorhängeschloß.

Haus 14 lag am Ortsausgang, in Richtung des nächsten Dorfes.

Victor Antonio stellte den Transporter ab, er öffnete das Holztor und fuhr in den Hof.

Gegenüber der Einfahrt stand eine geräumige, verputzte Scheune mit einer hölzernen Schiebetür, die auf Rollen über eine Metallschiene lief.

Über der Laufschiene war eine Sonnenuhr angebracht.

Ein Kreis mit Zahlen. Strahlen ringsherum symbolisierten die Sonne. In der Mitte des Kreises warf ein Stab seinen Schatten auf den Ziffernkreis. Halb sieben, las Anja ab.

»Das ist toll«, freute sich Victor. »Und alles so gut erhalten.«

Im Hof gab es zwischen Wohngebäude und Stallungen eine überdachte Fläche. In der Hauswand waren Ringe eingelassen, an der früher die Rinder oder Pferde angekettet wurden. Sie banden die Ziege dort in einer schattigen Ecke fest. Anja zupfte Löwenzahn und Wegerich zwischen den Pflastersteinen zu einem Strauß und hielt es dem Tier hin. Die Ziege zupfte ihr das Grün aus den Fingern.

Der Hof mit der Sonnenuhr unterschied sich von allen anderen, die Anja in Rötelshain gesehen hatte. Hier war jedes Ding an seinem Platz, geordnet, gepflegt, als hätten die Bewohner gerade erst ihren Wohnsitz verlassen.

Hinter der Schiebetür gab es eine Tenne, an deren Seiten Geräte hingen, die ein landwirtschaftliches Museum hätten zieren können. Hacken, Harken aus Holz und Metall, Dreschflegel, Mistgabeln, ein Kummet aus Leder.

Auf dem Boden standen ein Karrenpflug, Bienenkörbe aus Stroh, ein Kessel zum Dämpfen für die Futterkartoffeln, Eimer und Gießkannen.

Eine Rauchschwalbe schoß durch eine kreisrunde Öffnung, die wohl eigens für diesen Zweck in die Mauer eingelassen war. Auch das Schlupfloch für die Katzen in der Schiebetür war nicht vergessen.

Die Schwalbe flog zu ihrem Nest, das an einem der oberen Balken klebte. Aus seinem Inneren klang leises Gezwitscher. Von unten sah man die Kehlen der vier, fünf Jungen, die sich dem Alttier entgegensperrten. Es stopfte dem Nachwuchs Insekten in die Schnäbel und verließ die Tenne durch das Flugloch. Die Jungen im Nest verstummten.

»Wie heißt der Vogel?« erkundigte sich Victor.

»Das ist eine Schwalbe«, sagte Anja, »eine Rauchschwalbe.«

»Schwalbe? Schwalbe?« überlegte Victor. »Ach – Golondrina! Ich habe noch nie eine in Santiago gesehen. Aber ich kenne ein Schwalbenlied.«

Anja sah ihn erwartungsvoll an.

»Machen wir's den Schwalben nach, baun wir uns ein Nest«, sang er. »Bist du lieb und bist du brav, halt zu dir ich fest ...«

Sie lachte. »Woher kennst du Operettenlieder«, wunderte sie sich.

»Ich hab eine ganz alte Tante«, sagte Victor, »wenn man ihr glauben kann, war sie einmal eine berühmte Sängerin in Deutschland – aber das ist bestimmt hundert Jahre her. Kennst du das Lied nicht?«

»Das ist kein Lied, das einfach so gesungen wird. Höchstens im Radio. Beim Sonntags-Mittags-Wunsch-Konzert!«

Das Mädchen öffnete vorsichtig eine kleine Holztür, nur mit einem Riegel versperrt, die rückseitig aus der Tenne führte.

Hinter dem Gehöft erstreckte sich ein Obstgarten mit Apfel-, Kirsch- und Pflaumenbäumen. Zwischen ihnen wucherte wildes Kraut bis in Wipfelhöhe. Blühende Malven, höher als zwei Meter, umstanden die Pforte wie Wächter in diesem grünen Wall.

Die Ziege meckerte. Sie gingen auf den Hof zurück. Victor drückte die Klinke an der Haustür nach unten. Sie war verschlossen. Die Fußmatte lag noch an ihrem Platz. Anja fühlte mit den Zehenspitzen darüber. Eine winzige Erhebung. Sie bückte sich und holte den Haustürschlüssel vor.

»Ein deutscher Brauch?« erkundigte sich Victor.

Anja nickte. »Früher, auf den Dörfern.«

Die Haustür sprang mit leisem Knacken auf. Sie standen in der Diele, von der drei Türen in Küche und Wohnräume führten. Die Zimmer waren leergeräumt, auch waren sie sauber gefegt, vor zwei Fenstern hingen noch Gardinen. In einem stehengelassenen Regal lagen zwei Arbeitshemden, sorgfältig zusammengelegt, und drei Tücher aus Nesselstoff.

»Hier müssen die Menschen gut gelebt haben«, sagte Victor. Er roch an dem getrockneten Lavendelsträußchen neben den Stoffstücken.

Die Bewohner haben ihr Haus zum Sterben vorbereitet wie einen Toten, dachte Anja. Damit der Tod nicht unwürdig hereinbricht.

Victor hob eine mechanische Mausefalle hoch, die in einer Zimmerecke stand.

»Ab heute schlaf ich hier«, sagte er. »In der Herberge ist es zu heiß. Und Tonja schnarcht so schrecklich.« Er stellte die Mausefalle wieder in die Ecke. »Aber keinem verraten«, sagte er zu Anja. Ich würde auch lieber hier schlafen, dachte sie. Sabine in dem Bett neben mir schnarcht auch.

»Antonio! Antonio!« sang Sabines Stimme vom Gasthof her, als hätte sie Anjas Gedanken vernommen.

Toni kam schnaufend und nach Atem ringend in den Hof gelaufen.

»Macht schnell«, rief er. »Erwins Ziege wird gebraucht. Die Frau ist auch schon da.«

Die Einstellung mit der Ziege, die meckernd in die Kneipe kommen sollte, wo Schauspieler Friedrich Farin als Erwin saß, war die letzte Einstellung des langen Drehtages. Die Aufnahme zog sich bis gegen Mitternacht hin. Dann kam der Regisseur erschöpft auf den Hof und ließ sich auf einen ausrangierten Autositz fallen.

»Ich hab nicht mehr geglaubt, daß wir das packen«, sagte er. »Ihr seid doch alle tolle Jungs! – Und Mädels natürlich«, fügte er hinzu.

Kabel wurden zusammengerollt. Toni trug seine teuren Geräte zum Auto, das unter den Obstbäumen stand.

Die Beleuchter stellten einen Scheinwerfer auf, ein Teil des Hofes lag in seinem kalt gleißenden Licht.

»Tonja!« rief der Regisseur den Aufnahmeleiter. »Hast du Bier besorgt?«

Drei Jungen kamen mit je einem Kasten herbei.

Karsten ließ einen Verschluß springen. »Laßt es euch schmecken!«

Peggy brachte den Plan für Montag. Eine Landschaftsaufnahme bei Tag und eine bei Mondlicht waren geplant. Der Drehort lag in der Sächsischen Schweiz. Das bedeutete für die meisten Filmleute seit Wochen den ersten freien Tag, auch Anja hatte frei.

Das Mädchen saß auf einer umgestülpten Obstkiepe, Victor gegenüber, der mit gekreuzten Beinen auf dem Boden hockte und sich mit Toni unterhielt. Das rote Tuch, auf dem sie den Chilenen schlafend gefunden hatte, trug er um den Kopf gebunden, von der Stirn über die Ohren nach hinten genommen und dort mit einem Knoten zusammengeschlungen. Zwei Enden reichten bis auf die Oberschenkel. Wenn er den Kopf wandte, vollführte das rote Tuch tänzelnde Bewegungen.

Anja sah den Jungen an, sie hätte ewig so sitzen wollen, ihn ansehen und sich freuen. Ich möchte ihn küssen, dachte sie. Ich möchte von ihm geküßt werden. Ich möchte ihn umarmen, mich an ihn schmiegen. Ich möchte mit ihm schlafen, ihn lieben. Ganz und gar mit ihm eins sein – ein Paar.

Rita stieß sie an und hielt ihr ein Senfglas hin: »Du trinkst doch lieber Wein.«

Ein paar Jungen hatten sich um Friedrich Farin geschart. Er erzählte Theateranekdoten aus einer Zeit, als die meisten, die ihm zuhörten, noch gar nicht geboren waren.

Aus den leeren Stallungen war Rascheln zu vernehmen, leises Kratzen und Scharren. Ein Nachttier regte sich.

Die Szenaristin kam mit einem Umschlag zu Anja. »Ich hab Fotos aus der Stadt geholt. Willst du mal gukken.«

Auf den Fotos war Farin, der keinen Führerschein besaß, am Lenkrad des Mercedes zu sehen. Toni, wie er mit seinem Aufnahmegerät über freies Feld jachtete, ein verwilderter Garten mit gelben Rosen, ein Blick in die Maske – Sabine, wie sie Lissy Herzberg frisierte, Anja seitlich daneben ...

»Möchte ich auch welche haben«, sagte sie.

Rita nahm die Fotos an sich: »Ich laß sowieso welche nachmachen.«

Als Anja aufsah, saß Victor Antonio nicht mehr an seinem Platz neben Toni. Er ist im Haus mit der Sonnenuhr, wußte sie.

Sabine holte ihre Umhängetasche aus dem Saal des Gasthofes. »Tonja fährt mit dem Transporter zum ›Holländer‹. Willst du mit?«

Anja schüttelte den Kopf: »Ich bleib noch ein bißchen.«

Sie rückte mit der Kiepe, ihrer Sitzgelegenheit, an den Kreis um Friedrich Farin heran. Der Schauspieler erzählte, wie sie als Theaterensemble in den achtziger Jahren zum erstenmal im Westen gastiert hatten, in Frankreich. Und daß man dort auf der Hinterbühne rauchen dürfe, selbst die Feuerwehrleute stünden mit brennenden Zigaretten herum.

Auf der Straße radelte in der späten Nachtstunde jemand eine melancholische Melodie pfeifend vorbei.

Anja stand auf, sie ging in den dunklen Teil des Hofes, der nicht vom Scheinwerferlicht erhellt wurde. Die Nacht war angenehm warm, der Vollmond, der morgen gefilmt werden sollte, stand – eine leuchtende rotgelbe Scheibe – über der Kirche von Rötelshain. Das Mädchen verließ den Hof. Im Mondlicht lag die Straße als dunkelblaues Band in der Mitte des Dorfes. Anja schlug nicht den Weg zur Herberge ein, sie ging in entgegengesetzte Richtung. Sie ging zum Haus 14, dem Haus mit der Sonnenuhr. Sie ging langsam, aber ihr Herz raste.

Sie faßte an das Vorhängeschloß der Einfahrt – verschlossen. Sie umging das Gehöft, bahnte sich einen Weg durch den verwilderten Obstgarten an seiner Rückseite, fand die Malven vor der Pforte zur Tenne.

Den Riegel des Holztürchens schob sie mit dem Ende eines abgebrochenen Zweigs nach oben. Die Pforte sprang auf.

Durch die Tenne, in der die Schwalben ihr Eindringen

mit verschlafenem Zwitschern registrierten. Über den Hof, vom Mondlicht erhellt. Die Haustür war offen.

In der Diele blieb das Mädchen stehen. Ihr Herz raste. Im Haus war es dunkel, erst allmählich hoben sich die Umrisse des Raumes ab, die Türen zur Küche, zu den Wohnzimmern.

»Victor!« rief sie mit Flüsterstimme. »Victor!«

Nichts regte sich. Weit, sehr weit entfernt schlug ein Hund an.

»Victor!« rief sie noch einmal. »Victor Antonio Carvaljal! Victor! Victor!«

Etwas regte sich. Schritte. Eine Tür öffnete sich. Victor stand, nur mit einem Slip bekleidet, im Türrahmen. Das Mondlicht warf schräge Streifen durch das Wohnzimmerfenster.

»Ist jemand da?« fragte er. Nach einem Schritt auf die Diele: »Anja? Anita?«

»Victor!« Sie ging auf ihn zu und schlang ihre Arme um seinen Hals. Ihr Körper drängte sich an seinen, wollte zu ihm, zu ihm, ganz bei ihm sein.

»Anita«, flüsterte er, »Anita! Was ist passiert!«

»Ich liebe dich, Victor! Ich liebe dich.«

Sie fühlte seinen Körper starr werden, abweisend. Er hob ihre Arme von seinem Hals.

»Nein«, sagte er. »Es geht nicht.«

Sie stand wie betäubt, von einem Schlag benommen, einem Hieb getroffen.

Sie sah hinter Victors Rücken einen Schlafsack auf dem Boden liegen. Der Hund kläffte noch immer. Auf der Straße fuhr ein Auto vorbei.

Mit beiden Fäusten stieß sie gegen die Brust des Jungen. Einmal, zweimal. Er taumelte zurück.

Die Haustür klappte. Das Mädchen rannte über den Hof, stolperte durch die Tenne, schlug sich durch den Garten. Brombeerranken zerkratzten ihr Arme und Beine, Brennesselruten peitschten sie. Sie rannte auf die Straße, rannte durch Rötelshain, rannte den leichten Bogen, den der Weg zwischen dem Dorf und der Herberge schlug.

Vor der Halbschranke machte sie halt. Sie ließ sich in den Straßengraben gleiten. Ihr Gesicht glühte, Arme und Beine brannten.

Sie vergrub den Kopf zwischen den Knien. Sie spürte, wie ihr Herz das Blut durch den Körper pumpte. Sie haßte diesen Körper, dessen Liebe nicht erwidert wurde. Sie haßte ihn, weil er sich an einen Mann gedrängt hatte, der ihn von sich wies. Sie haßte ihn, weil er begehrlich war und Befriedigung suchte. Sie haßte ihn wegen seiner Kleinheit und weil er nicht schön genug war für Victor Antonio Carvaljal.

Ein Püppchen, dachte es in ihr. Ich bin ein Püppchen! Ein geiles Püppchen.

Der Fahrkartenschalter des Bahnhofs, auf dem Anja Forbach vor zwei Wochen angekommen war, schloß mittags.

Die Fahrausweise seien OHNE AUFFORDERUNG im Zug zu lösen.

Laut Plan kam die Stadtbahn nach Leipzig auf Bahnsteig 4 an.

Anja stieg die Treppen von der Unterführung nach oben. An der Bahnsteigkante warteten ein spilleriges Männchen mit verwehten Haaren, der als einziges Gepäckstück ein silbriges Brillenetui vor sich her trug, und ein junger Ausländer mit blonden Haaren, der immer wieder vergewissernd fragte: »Leipzig? Leipzig?« Und das Mädchen sah sich selber, mit vom Heulen verschwollenem Gesicht, mit zerkratzten, zerschundenen Armen.

Eine Viertelstunde nach der angegebenen Zeit lief die Stadtbahn auf einem Nebengleis ein, zu dem man nur durch die Unterführung und zwei Treppen gelangt. Ein zu weiter Weg, um den Zug noch zu erreichen. Nach einem vergewissernden Blick sprangen das Männchen mit dem Brillenetui, der blonde Ausländer und das Mädchen über die dazwischenliegenden Gleise, stürzten in den Zug, der nicht der richtige war. Der lief im selben Moment auf dem angekündigten Gleis 4 ein. Der Schaffner des Zuges bedeutete Anja, sie müsse dorthin. Nein, nicht noch einmal über die Gleise. Sie stürzte die Treppen zur Unterführung nach unten, sie hastete am Gleis 4 wieder nach oben.

Als sie an dem Bahnsteig ankam, schlossen die Türen des letzten Wagens der Bahn gerade. Sie drückte auf einen grünen Knopf, die Tür öffnete sich – aber der Zug fuhr an. Sie sah den sich vergrößernden Abstand zwischen Bahnsteigkante und Trittbrett. Sie setzte zum Sprung an und schaffte es – zur eigenen, blitzschnellen Verwunderung. Sie wurde nicht gegen die Außenwand geschleudert, nicht auf den Schienen überrollt. Sie landete, von der Wucht der Anfahrt umgerissen, auf dem Boden neben dem Einstieg.

»Glück gehabt«, sagte ein kleines rothaariges Mädchen mit Sommersprossen, der einzige Fahrgast im Abteil. »Man darf nicht auf fahrende Züge aufspringen«, tadelte sie.

Anja rappelte sich mühselig auf. Ein Handgelenk schmerzte, ein Fußknöchel war blutig aufgeschlagen. Sie befühlte sich: nichts gebrochen, dann schleppte sie sich zu einem Sitz.

Warum bin ich aufgesprungen, wunderte sie sich. Niemand erwartet mich. Ich habe keine Eile. Es hätte mein letzter Sprung sein können. Und wenn schon.

Sie stierte blicklos nach draußen. Neben den Gleisen verlief eine nicht sehr befahrene Straße. Einige Fahrzeuge stoppen. Eine kleine Autoschlange bildet sich. Ein Unfall. Der Rettungswagen steht schon parat. Sanitäter in hellem Zeug. Leute sind aus den Wagen gestiegen, betrachten den Ort. Zwischen der rechten und der linken Fahrzeugschlange liegt auf der Straße ein schmaler, ovaler, schneeweißer Gegenstand. Die Leiche, schon verhüllt.

Wenn das eine Mahnung sein soll, dachte das Mädchen, für mich gilt sie nicht.

Sie stolperte ein paar Stunden durch Leipzig. Sah nichts, hörte nichts. Es gab nichts, was sie erreichte. Sie erinnerte sich auch nicht, warum sie ihren freien Tag in dieser Stadt hatte verbringen wollen.

Am nächsten Morgen, beim Frühstück im ›Holländer‹ las Tonja eine Meldung aus der Zeitung vor: »TRAGISCHER UNFALL IM SÜDEN LEIPZIGS

Eine junge Frau kam am Montag mittag mit ihrem Wagen von der Fahrbahn ab, was sie offenbar relativ unbeschadet überstand. Sie konnte ihr Auto verlassen und zu Fuß zur Straße zurückkehren. Dort wurde sie von einem vorbeifahrenden Wagen erfaßt. Sie starb noch an der Unfallstelle.«

Ja, dachte Anja. Das Weiße, Schmale, Ovale.

Der Film war abgedreht. Am Abend, schon gegen Mitternacht, fand sich das Film-Team auf dem Hof der Herberge zum Grillabend zusammen. Tonja hatte vom Fleischer aus dem Nachbardorf ein Grill-Gerät ausgeliehen. Sabine stand dahinter, wendete Würstchen und mariniertes Fleisch.

Karsten, der Regisseur, hockte sich mit seinem Pappteller vor Anja und sagte: »Mensch, Mädchen! Lach doch mal wieder! Du bist ja ganz fremd geworden.«

»Ja«, sagte sie gehorsam. »Mach ich doch.«

Er stand seufzend auf und mischte sich unter das Grüppchen, das neben den Bierkästen stand.

Nach und nach wurde es still, die Gespräche pegelten sich ein, ein friedliches, durchlässiges Gewebe aus Worten und leisem Lachen.

Der Regisseur, der Aufnahmeleiter und Rita, die Szenaristin, verschwanden für eine halbe Stunde im Saal der Herberge. Als erster kam Karsten wieder nach draußen, er lief auf Toni zu und umarmte ihn stürmisch.

»Sie haben sich die ersten Muster angeguckt, die ersten Bilder vom Film«, erklärte Peggy einem Jungen, der neben ihr saß. »Wir haben sie heute aus dem Kopierwerk geholt.«

Im Osten wurde der Himmel ganz allmählich hell. Die Hausrotschwänze begannen ihr metallisches Schnattern, die Spatzen lärmten, die Schwalben schossen durch den Hof, über die Straße und hoch über die Köpfe der Feiernden dahin.

Nächsten Frühling, wenn sie aus dem Süden kommen, wird es das Dorf nicht mehr geben, kein Haus mit der Sonnenuhr, keinen Balken, an den man ein Nest kleben kann, dachte Anja. Es gibt schon jetzt keine azurblauen Libellen mehr.

Rita schob sich an Anjas Seite. »Wenn du willst, kannst du morgen mit uns fahren. Wir machen einen kleinen Umweg über Dresden.« In munterem Ton fügte sie hinzu: »Hat dir Antonio eigentlich erzählt, daß er bald Dozent an der Uni ist? Antonio als Dozent – kannst du dir das vorstellen? Weihnachten will er heiraten. Zu Hause, in Santiago.«

Er hat sie geschickt, begriff das Mädchen. Aber ich will keine Erklärungen, ich will keine Nachrichten von Victor Antonio Carvaljal. Er ist für mich gestorben, der junge Gott.

Götter sterben nicht, widersprach etwas in ihr.

In Anjas Blickfeld lag die Straße, die durch den Ort führte, das Stückchen Mauer gegenüber. Die Lichttöne wechselten aus Blaugrau in sich deutlich abgrenzende Farben. Durch den Bildausschnitt, den die Einfahrt zur Herberge vorgab, fuhren erste Autos. Die Sonne ging auf.

Der Wagen, in dem Rita, Anja Forbach und der Regisseur saßen, drehte wie alle anderen eine Ehrenrunde durch Rötelshain. Laut hupend fuhren sie durch das Dorf, das sie nie wiedersehen würden.

Noch einmal an den zerfallenen Gehöften vorbei, am Friedhof ohne Gräber, an ERWINS ZIMMER, am Gasthof, an den alten Kastanien und den wuchernden Gärten. Am Haus mit der Sonnenuhr.

»So«, sagte Karsten, »das war's.« Sie ließen den ›Holländer‹ hinter sich, überquerten zwei Halbschranken, von denen eine sich hinter ihnen schloß.

Anja kauerte auf dem Rücksitz neben ihrem Rucksack und zwei Plastetüten.

Niemand sprach. Vor ihnen, neben ihnen breitete sich

die Sommerlandschaft aus. Das Grün der Getreidefelder wechselte schon in fahles Gelb. Auf einem umgebrochenen Feld zog ein Traktor Staubschwaden wie eine Rauchfahne hinter sich her.

In Dresden nahmen sie den Weg am Elbufer entlang. Über dem Fluß stand die leicht vernebelte Sonne des späten Nachmittags. Auf den Elbwiesen waren Podeste und Bühnen für ein Konzert aufgebaut. Eine bunte Menge aus jungen Leuten quirlte um die Stände, ein Lautsprecher röhrte. Von allen Seiten strömten Menschen zur Festwiese, ein ununterbrochener Strom freudiger Erwartung.

»Halt an!« Anja stieß den Regisseur in den Rücken, »Halt an!« Sie riß die Wagentür auf. »Meine Sachen könnt ihr im Wohnheim lassen.«

Sie schmiß die Tür hinter sich zu und rannte den Abhang zu den Elbwiesen herunter. Der Mann und die Frau sahen ihr vom Auto aus nach. Eine energische, kleine Person – wie sie über den Rasen sprang; dann nahm die quirlende Menge sie bei sich auf.

Jutta Schlott
30. Juni 1995